REGLAS
CANDACE BUSHNELL
Y KATIE COTUGNO
PARA

SER UNA
CHICA

Título original: *Rules for Being a Girl*
Editado por HarperCollins Ibérica, S. A., 2022
Núñez de Balboa, 56
28001 Madrid
harpercollinsiberica.com

Publicado por primera vez por Balzer + Bray, un sello de
HarperCollins Publishers, 195 Broadway, Nueva York.

Adaptación de cubierta: equipo HarperCollins Ibérica
Maquetación: David Herranz

ISBN: 978-84-18279-18-8
Depósito legal: M-28055-2021

Para mi dulce y vehemente amiga Jeanine Pepler
CB

Para Baby Girl Colleran, quien vivió en mi corazón
durante la escritura de este libro
KC

UNO

—Y así —dice el señor Beckett en la hora de inglés (la tercera del día), apoyado sobre el borde de la mesa, con los tobillos cruzados y un brillo en sus ojos oscuros— es como Hemingway y Fitzgerald protagonizaron la historia de amor-odio más famosa de la literatura del siglo xx. Para no esconder nada, os aviso de que es poco probable que os sirva de gran cosa en el examen, porque por alguna razón no os examinan de cotilleos editoriales de hace cien años, pero os lo podéis guardar en la recámara para impresionar a vuestros amigos en las fiestas.

Se levanta con una sonrisa y saca un rotulador del bolsillo trasero de sus chinos azul oscuro.

—Bueno, venga —continúa—, vamos a por los deberes.

Suspiramos todos a la vez. Después de tratarnos de quejicas con un gesto de la mano, Bex —como lo llamamos todos— nos manda para leer esta noche las primeras cuarenta páginas de *Adiós a las armas*.

—No se os hará largo —promete, dando vueltas al rotulador entre los dedos, como un mago con una baraja de cartas—. Una de las mejores cosas de Hemingway (que tiene muchas, como veremos mañana) es que no le gustan demasiado las palabras largas.

—Ah, qué bien —suelta Gray Kendall, un chico patilargo que juega a *lacrosse* y que es nuevo en clase desde este septiembre. Lo tengo un par de filas por detrás, tirado en la silla, con un hoyuelo que se le marca sutilmente debajo del pómulo—. A mí tampoco.

Suena el timbre de final de clase. Todos arrastramos los pies hacia la puerta, mientras el pasillo se llena de un rumor de chirridos de patas de silla en el linóleo y del olor de los sándwiches de pollo que sirven hoy en la cafetería.

—¿Preparada? —pregunto al pararme junto al pupitre de Chloe, en primera fila.

Tiene los labios pintados de rojo, como siempre, unas gafas enormes de hípster y el pelo rubio ondulado hasta los hombros. En el cuello de la blusa del uniforme, lleva un pin minúsculo en forma de flamenco rosa.

—Mmm —contesta mientras mira por encima de mi hombro cómo borra Bex la pizarra, moviendo los hombros elegantemente debajo de su jersey gris de cachemir.

Mira con tanto descaro que levanto las cejas. Su respuesta es una mueca.

—Sí.

—Vale, vale —asiento exageradamente y me cuelgo de un hombro la mochila.

Justo cuando vamos a irnos, Bex levanta la vista.

—Ah, hola, Marin —saluda con un gesto culpable de la

cabeza—. No te lo creerás, pero he conseguido volver a olvidarme de tu libro. Mañana sin falta te lo traigo.

Sonrío.

—¡Ah, sin problema! —Sonrío. Me prometió hace casi dos semanas que me prestaría *Las correcciones*, diciendo que me encantaría, pero siempre se olvida de traérmelo—. Cuando te vaya bien. En realidad, tampoco es que me sobre mucho tiempo para leer por gusto.

—Ya, ya lo sé. —Bex pone cara de pillo—. Estáis todos demasiado ocupados colgando vídeos de *unboxing* en vuestros canales de YouTube, o lo que quiera que hagáis para divertiros.

Me quedo boquiabierta.

—¡No es verdad! —digo, pero se propaga un calor agradable por todo mi cuerpo—. Dirás estar hasta el cuello de deberes de Inglés.

—Ya, ya —contesta Bex, aunque sonríe—. Venga, fuera de mi aula, que me toca comedor. Nos vemos luego abajo.

—Qué suertudo —le dice Chloe en broma.

—¡Ajá! —Bex deja el rotulador en la repisa y se limpia las manos en la parte trasera de los pantalones sonriendo—. Te estás burlando de mí, pero más me río yo, porque subestimas lo emocionado que estoy con el día del sándwich de pollo. Venga, fuera.

Más que una cafetería, lo que hay en el Bridgewater es una mezcla de sala de actos y gimnasio, con un escenario en un lado y mesas que cuando toca Educación Física se guardan plegadas en un almacén. Al aparecer Chloe y yo, en nuestra mesa ya está la misma mezcla un poco incongruente de empollones de la clase de Bex y jugadores de *lacrosse* con la que nos sentamos desde que empecé a salir con Jacob.

—Hola, nena —me saluda con un pellizco debajo de las costillas a modo de saludo—. ¿Qué, cómo va el día?

—¿Qué pasa, que estás vigilando que no engorde? —dice en broma su amigo Joey, haciendo como si también me fuera a pellizcar.

Lo esquivo y le hago una peineta con los ojos en blanco.

—Vete a la mierda, Joey. —Le doy un empujoncito a Jacob en el hombro—. Y tú ya podrías defender mi honor, ¿no?

—Ya has oído a la dama —dice Jacob.

No es que sea una manera muy resuelta de salir en defensa de mi honor, pero como ya me está sentando encima de sus piernas y dándome un beso en la mejilla me olvido un momento de enfadarme.

Llevamos saliendo desde que la primavera pasada nos tocó sentarnos juntos en Historia de los Estados Unidos y la señora Shah hizo los grupos para el trabajo final de la asignatura. Yo confiaba en que me tocase alguien que se dejara mandar y que así sacáramos los dos un sobresaliente; ha sido mi estrategia en los trabajos de grupo básicamente desde que los hago, pero para mi sorpresa Jacob tenía en verdad ideas propias sobre qué fuentes primarias podían ser más útiles para una redacción documentada sobre las reformas sociales que desembocaron en la guerra de Secesión. Antes de encontrar la manera de trabajar bien juntos, estuvimos dos semanas discutiendo. Cuando nos pusieron el sobresaliente, me levantó del suelo y se puso a darme vueltas en medio del aula.

Me siento en mi silla habitual y saco un sándwich de pavo de la mochila, a la vez que saludo a Dean Shepherd, que acaba de dejar su bandeja al lado de Chloe. Este año fueron juntos a la fiesta de inauguración del curso, y desde entonces los esfuerzos de Dean por salir con ella no es que destaquen por su sutileza.

—¿Vais a ir a lo del viernes en casa de Emily Cerato? —pregunta a la vez que desenrosca el tapón de la botella de refresco Dr. Pepper para ofrecerle a Chloe el primer sorbo.

Ella se encoge de hombros y sigue mondando diligentemente su clementina.

—Me lo estaba pensando —reconoce—. Y ¿tú?

La respuesta de Dean —también, por suerte, casi todo el monólogo que inspira a Joey sobre lo buenas que están Emily y sus amigas del grupo de baile— se me escapa al ver a Bex en la otra punta de la sala, al lado de la profesora Klein, la de Biología, nueva en este curso. Es bastante joven, sobre veintimuchos. Tiene el pelo oscuro y rizado, lleva gafas y parece que su vestuario se componga íntegramente de vestidos sueltos con cinturón de Banana Republic. Está sentada con los tobillos cruzados y unas botas de tacón cuadrado de madera, comiéndose una tarrina de yogur de marca mientras Bex se ríe de algo que ella ha dicho.

Chloe me tira una monda de clementina.

—¿Qué, ahora quién es la que se emboba? —bromea, señalando a Bex con la cabeza.

—¡Yo no! —grito en voz baja.

—Ya. Límpiate la baba, haz el favor —dice entre risas.

Suspiro teatralmente.

—No lo puedo evitar. Ya sabes que me pierden los hombres con chinos. —Vuelvo a mirar a Bex y la señora Klein—. ¿Tú crees que hay algo?

Mentiría si dijese que ni Chloe ni yo estamos obsesionadas con la vida amorosa de Bex.

—¿Qué? —Chloe sacude enseguida la cabeza—. No.

—¿Por qué no? —pregunto—. Es mona.

—Ya, puede ser… —Chloe no parece demasiado convencida—. En plan presentadora de noticias locales.

—Yo me la tiraría. —Es la útil aportación de Joey.

—Nadie te ha preguntado, Joey. —Vuelvo a mirar a Chloe—. No digo nada, pero… Largas noches corrigiendo exámenes, miraditas románticas en la sala de profesores…

—Dios mío. —Chloe se mete un gajo de clementina en la boca—. ¿Seguro que no es la fantasía que te montas tú? —pregunta—. Igual tendrías que replantearte lo de ser periodista. Intuyo que tu verdadera vocación es escribir novelas rosas.

—¡Pero si esto es periodismo! —protesto entre risas—. Periodismo serio de investigación, con datos inéditos sobre la vida amorosa del tesoro nacional más importante de nuestro país: los profesores.

Chloe resopla.

—Pues nada, tú misma —dice mientras vuelve a meter las mondas de clementina en la bolsa de papel donde llevaba la comida—. Me voy, que esta tarde tengo dentista y salgo más temprano. ¿Podrás hacer la reunión sin mí?

Este año Chloe y yo somos las codirectoras del *Beacon* y casi todo nuestro tiempo libre nos lo pasamos en el despacho, con Bex y el resto del personal, encorvadas sobre unos ordenadores más lentos que tortugas, o tumbadas en un viejo sofá medio hundido.

—Tranquila, te mando esta noche un mensaje. —Me despido de ella con la mano y me giro hacia Jacob, que ya se está acabando su segundo sándwich de pollo—. ¿Quieres ir tú a la fiesta de Emily Cerato? —le pregunto.

—Vale —contesta, encogiéndose de hombros, y abre un paquete de Oreo—. ¿Por qué no?

—No sé. —Mordisqueo una palomita caramelizada—. Se me había ocurrido que también podríamos ir a ver esa peli que te dije el otro día, la de las hermanas que heredan una casa.

—¿Esa histórica? —pregunta con el entrecejo fruncido—. ¿No prefieres verla con Chloe o con tu madre?

Arqueo las cejas elocuentemente.

—¿Me estás diciendo que preferirías sacarte los ojos a tener que verla?

—Yo no he dicho eso —protesta y me tiende una galleta como ofrenda de paz—. Si quieres que vayamos, por mí sin problema.

—Ya, ya. —Sé que lo dice en serio (Jacob es buen tío), pero no tiene sentido arrastrarlo al cine para ver una peli que ya se teme que será para chicas y le parecerá un tostón—. Bueno, te libero, chaval. Suena bien lo de la fiesta.

Asiente y señala con la cabeza a Bex, quien está detrás de mí de ronda por la cafetería, como un novio en su boda, arrancándole a todo el mundo una sonrisa sin esfuerzo, desde los empollones del club de debate hasta los más duros del equipo de fútbol americano.

—Se acerca tu chico —me avisa—. ¿Le pregunto si se está cepillando a la señorita Klein?

—Pero qué asco, por Dios —contesto, tirándole una palomita—. Y qué poco tiene que ver con lo que he dicho yo que hacía.

Aun así, se me ocurre que si Jacob le preguntara a Bex a bocajarro si está saliendo con la profesora Klein es muy posible que Bex nos dijera la verdad. Es una de sus cosas buenas, que no está obsesionado con la tontería de mantener en secreto su vida fuera del instituto, como otros profesores. Es un verdadero ser humano. El otro día, en clase, nos contó que una vez, cuando iba en coche al instituto, le pusieron una multa por exceso de velocidad. La noche antes fue a una fiesta en Boston en honor de un amigo que había publicado un libro de relatos y por la mañana se quedó dormido. El día de las fotos trajo su anuario de graduación para que pudiéramos reírnos de su *look* ochentero, con collares de conchas y el pelo en punta.

Se para un momento en nuestra mesa para bromear con Dean y preguntarle a Jacob por una jugada del partido de *lacrosse* de ayer. Técnicamente, la temporada aún no ha empezado, pero el equipo del Bridgewater es tan bueno que les dan un permiso especial para competir en una liga interuniversitaria y seguir usando los autobuses del instituto para ir a los partidos. A todo el mundo les parecen especiales los jugadores de *lacrosse*. Puede que a mí también, pero la verdad es que siempre me molesta que se lo crean.

—¿Ya te has comido el sándwich de pollo? —le pregunto a Bex.

Asiente con seriedad.

—Por supuesto.

Alarga el brazo por encima de mi hombro para quitarme la bolsa de palomitas y sacar un puñado.

—¡Eh, oye! —protesto, aunque no es que me moleste, la verdad.

Él se limita a encogerse de hombros.

—Impuesto escolar —dice con una sonrisa burlona—. Denúncialo a tu representante en el Congreso.

Intento quitarle la bolsa, pero él la levanta en broma sobre mi cabeza. Justo cuando se está riendo de mis patéticos intentos por recuperarla, oímos carraspear al señor DioGuardi, el director, en el escenario del fondo.

—Un poco de atención, señoras y señores —anuncia con los puños en las caderas, como un culturista de dibujos animados.

Antes de dedicarse a la administración era profesor de Educación Física, y aún se le nota un poco: tiene los antebrazos musculosos y, debajo de su camisa marrón, un torso en forma de triángulo invertido. Siempre va con un silbato colgado del cuello, para que no nos alborotemos demasiado en las reuniones y las fiestas. De vez en cuando también se lo pone en la boca mientras piensa, como los bebés con los chupetes. El año pasado, para Halloween, todo el equipo de *lacrosse* se disfrazó de él.

—Si podéis dedicarme un momento, me gustaría hablar de vuestro tema preferido, que también es el mío: ¡las normas para el uniforme!

—Madre mía… —murmura Bex tan bajo que lo oigo solo yo, y después de apretarme suavemente el hombro a través del jersey del uniforme se levanta para ir hacia el fondo—. Ya estamos otra vez.

Me lo quedo mirando, sorprendida. Los profesores casi nunca tienen reacciones tan directas, ni siquiera los que molan, como Bex. Claro que DioGuardi siempre ha tenido fama de ponerse insoportable con la forma de vestir de los alumnos… A mí la verdad es que nunca me ha molestado especialmente llevar uniforme; tiene la ventaja de que no hay que preocuparse por elegir un modelito mono cada día, pero desde hace un tiempo lo de DioGuardi es una obsesión: casi cada semana saca nuevas normas sobre cualquier cosa, como lo larga que tiene que ser la falda, si se puede ir maquillada o el tamaño de los pendientes. Por no hablar de que las medidas, por lo visto, nunca se aplican a los chicos.

Me giro hacia Jacob, pero está mirando su Instagram debajo de la mesa, como si no fuera con él.

—Ya estamos otra vez —repito, preparándome para la parrafada.

Esa tarde estoy sentada en el antiguo sofá de la redacción, haciendo unos problemas del libro de mates. Bex se para en la puerta, que está abierta. Ya son más de la cinco y hace un par de horas que se ha terminado la reunión, pero estoy esperando a que venga a buscarme mi madre.

—Hola —dice, mirando el reloj de encima de la pizarra—. ¿Tienes cómo ir a casa?

—Sí, sí —contesto. Lleva una chupa de cuero con pinta de ser muy suave, y se le riza el pelo oscuro sobre el cuello de la camisa. Corre el rumor de que se pagó el posgrado haciendo de modelo; parece que el año pasado descubrió las fotos una alumna de último curso, en Internet, pero ni Chloe ni yo hemos conseguido encontrarlas. En todo caso, ahora me lo puedo creer—. Dentro de un rato llegará mi madre. Bueno, carné ya tengo, claro, pero… coche no. Y mi hermana tiene no sé qué de ajedrez.

Me encojo de hombros. Bex levanta las cejas.

—¿No sé qué de ajedrez?

—Mi hermana pequeña es campeona de ajedrez de Massachusetts. Le da clases un viejo cascarrabias de Brookline. Normalmente viene a buscarme mi padre, pero está en una reunión, y como Chloe tenía hora en el dentista… —Aprieto las mandíbulas, sin saber muy bien por qué siento el impulso de aburrir a Bex con las trivialidades logísticas de mi existencia—. Total, que sí.

Él se limita a sonreír.

—Venga —dice, moviendo la cabeza hacia el aparcamiento—, que te llevo yo.

—Ah… —Sacudo la cabeza como por instinto y me bajo las mangas de mi rasposo jersey azul del uniforme—. No, en serio, no hace falta.

Se encoge de hombros.

—No te lo digo por decir —contesta tranquilamente—. Dentro de poco solo quedaréis el señor Lyle y tú en todo el edificio.

El señor Lyle es el conserje, que mide más de dos metros y casi lo mismo de hombros. Todo el mundo lo llama Hodor a sus espaldas.

—Recoge tus cosas.

Echo un vistazo por la ventana, donde se ha puesto el cielo de un azul morado por detrás de los pinos, y vuelvo a mirar a Bex.

—Vale —accedo finalmente, disimulando mi emoción mientras recojo la mochila—, gracias.

Mando un mensaje a mi madre para avisar de que me llevan, luego sigo a Bex por el pasillo vacío hasta salir al aparcamiento de los profesores, mientras le explico dónde vivo. Tiene un Jeep destartalado, con un adhesivo medio despegado de Bernie Sanders en el parachoques. Dentro huele a café y en el asiento de atrás hay una bolsa de deporte tirada. Cuando arranca, empiezan a sonar notas tristes de *folk indie* con muchas guitarras; creo que Bon Iver, aunque también cabe la posibilidad de que sea el único cantante de ese estilo que conozco.

—Lo sé, soy una caricatura de mí mismo —dice Bex, señalando el aparato de música con la cabeza mientras salimos del aparcamiento—. Solo me falta la barba de leñador.

—No, qué va, si está muy bien —contesto, sonriendo—. A mí me encanta quedarme llorando debajo de la lluvia.

Suelta una carcajada.

—Es lo que me decía mi exnovia —reconoce—. Según ella, era música de hombre triste y perro muerto.

Yo también me río, a la vez que la palabra «exnovia» me provoca una pequeña descarga eléctrica. Me pregunto cómo era, y si era guapa, aunque lo que más me gustaría saber es por qué rompieron.

Es curioso lo fácil que ha sido siempre hablar con Bex, para ser un profesor. Me da conversación durante todo el trayecto hasta mi barrio, no solo sobre DioGuardi y la forma de vestir —que también—, sino sobre un concierto al que fue hace poco en Boston y una serie de lecturas de escritores en la librería Harvard Book Store que cree que me interesarían.

—Así que tú y Jacob Reimer, ¿eh? —pregunta, bajando el volumen de la música, cuando vamos por la VFW Parkway a la altura del Stop & Shop y el PetSmart—. Parece buen tío.

—Ah…

No sé quién se lo ha dicho. Se me debe de notar, porque imita mi cara de sorpresa, exagerándola, con los ojos muy abiertos y los labios en forma de una O perfecta.

—Sé cosas —dice con una sonrisa—. Os creéis que los profes son…, no sé, como dinosaurios sordos y ciegos. Como si fuéramos por ahí sin enterarnos de nada.

—¡Qué va, si yo eso no lo pienso! —protesto.

Tuerce la boca.

—Claro, claro.

—Que no —insisto. Se me escapa una risita—. Pero bueno, eso, que Jacob es genial.

—Me alegro. —Bex mira por encima del hombro antes de meterse en el carril de salida, sujetando apenas el volante por debajo con sus largos dedos—. La mayoría de los chavales de instituto vienen a ser buzones de correos con patas. Haces bien en no conformarte con cualquiera.

Me sube por el pecho una sensación desconocida de satisfacción, un hormigueo cálido. Me alegro de llevar un pañuelo.

—Gracias —digo mientras toqueteo la cremallera atascada del bolsillo exterior de la mochila, de la cual tiro y tiro sin poder abrirla.

Bex se encoge de hombros.

—Es la verdad.

Asiento.

—Oye, que… vivo aquí. —Señalo con la cabeza la pequeña casa colonial de mis padres—. Lo dicho, gracias por traerme.

—No hay de qué.

—Hasta mañana —me despido al abrir la puerta.

—Oye, Marin —dice Bex cuando salgo del coche, poniéndome una mano en el brazo. Noto una especie de calambre en la columna vertebral y una agradable vibración en todo el esqueleto—. Por si acaso… Seguramente sea mejor que en el instituto no le comentes a nadie que te he traído.

—Ah —digo sorprendida—. Vale.

—Donde trabajaba antes era diferente; al ser un internado estaba acostumbrado a llevar mucho en coche a mis alumnos. Cada semana, más o menos, venían algunos a cenar a casa. En cambio aquí… —No acaba la frase—. DioGuardi lo enfoca de otra manera.

—Ya, ya, lo entiendo. —No sabía que antes del Bridgewater hubiera dado clases en un internado. Me entran enseguida unos celos raros de todos los alumnos a los que les hizo la cena—. No diré nada.

—Gracias, colega —dice él, con una sonrisa un poco vergonzosa—. Que pases buena noche.

—Igual —contesto mientras cierro suavemente la puerta del copiloto y saludo en plan lela con la mano.

Me quedo en el césped, a oscuras, hasta perder de vista el Jeep.

DOS

La fiesta de Emily es dos noches después. Jacob pasa a buscarme con el Subaru que le regalaron sus padres al cumplir los diecisiete, y recogemos a Chloe de camino.

—Hola —digo, girándome en el asiento, mientras se coloca detrás y se desenrolla del cuello una bufanda peluda.

En el estéreo suena algo prehistórico de Whitney Houston. Dentro del coche huele mucho a la colonia con la que Jacob jura no rociar las salidas de la calefacción.

—¿Dónde estabas esta tarde? Creía que íbamos a hacer lo del diseño.

Chloe sacude la cabeza.

—He tenido que hacer una sustitución —explica—. Rosie tenía médico. Perdona que no te haya mandado un mensaje. Me lo han pedido en el último del último minuto.

Sus padres tienen un restaurante griego, Niko's, donde llevamos trabajando las dos desde el último curso de secundaria: primero recogiendo mesas, y ahora de camareras.

—Tampoco ha venido Bex —me quejo mientras me siento encima de una pierna y alargo el brazo para apagar la calefacción—. Solo estábamos Michael Cyr y yo, así que no he tenido más remedio que escuchar toda una hora que ha descubierto *Breaking Bad* y que su nuevo ídolo es Walter White.

—Michael Cyr y tú solos, ¿eh? —comenta Jacob al volante, mirándome—. ¿Tengo que estar celoso?

—Solo si te sientes amenazado por uno que a todos sus mejores amigos los conoce en Reddit —contesto y hago como que le clavo un dedo en las costillas.

Jacob me pilla el dedo y me lo estruja. Chloe pone los ojos en blanco.

La casa de Emily es muy grande, tipo rancho. Forma parte de una urbanización de mediados de siglo llena de otras casas tipo rancho igual de enormes, las cuales solo se diferencian por el tono pastel de la pintura.

—En primaria, una vez bajé del autobús y me equivoqué de casa —dice Emily mientras nos conduce por el pasillo y, justo antes de llegar a la puerta trasera, saca un par de cervezas de una nevera portátil de las que no usan hielo—. Una señora mayor que se llamaba Gloria me llevó a la cocina y me hizo pan de soda, durante unos tres años fue mi mejor amiga, hasta que murió.

A Jacob lo absorbe enseguida un grupo de colegas de *lacrosse*: Joey, Ahmed, Gray Kendall y unos cuantos más. Se rumorea que el año pasado a Gray lo expulsaron de un colegio pijo por montar fiestas de esas que acaban con gente en el hospital por tomarse cápsulas de detergente todo en uno marca Tide. No lleva ni dos meses en el Bridgewater y ya ha tonteado con todas las chicas del instituto, básicamente, o al menos lo parece. Los días de partido, fuera del vestuario, desfilan sin parar chicas de primero y segundo con cara de esperanza. Le da mucha vergüenza a todo el mundo, aunque reconozco que Gray es guapo de verdad.

Chloe y yo nos ponemos cómodas en la escalera que lleva al primer piso, escuchando rapear a Cardi B en el altavoz *bluetooth* de la mesa de centro que suena a lata. Hay un grupito de primero que hace corro alrededor de un móvil, miran un vídeo algo nerviosos. En el sofá está tirada la golfa de Deanna Montalto, con Trina Meng al lado.

—¿Os habéis enterado de lo de Deanna y Tyler Ramos en el auditorio? —pregunta Chloe en voz baja, deslizando el pulgar por la boca de su botellín de cerveza—. Sospecho que todo esto de las nuevas reglas sobre la ropa más que nada es por ella.

—¿Lo de que ya no se puedan llevar calcetines altos, dices? —pregunta Emily, que acaba de colocarse a nuestro lado con una lata de refresco con un chorrito de algo—. Qué tontería.

—Total —concuerdo—. A mí que me lo expliquen. ¿Qué pasa, que a estos chicos tan monos y tan finos van a distraerlos demasiado nuestras rodillas para poder estudiar? —Me levanto, agarro por el hombro a Jacob, que está al otro lado de la baranda, y lo aparto parcialmente de la melé de colegas de *lacrosse*—. ¿Te puedo hacer una pregunta? —digo, enlazando sus dedos con los míos—. ¿Os va a ayudar en algo a sacar mejores notas que en vez de calcetines nos pongamos leotardos, con lo burros que sois?

—Para nada —contesta él enseguida, sonriendo con maldad de oreja a oreja—. Al que le va a chafar el negocio es a Charlie Rinaldi, porque ya no os podrá hacer fotos por debajo de la falda en la cafetería, ni venderlas por Internet.

Joey y Ahmed se tronchan. Hasta a Chloe se le escapa una sonrisa.

—Eres un asqueroso —informo a Jacob con un suave golpe en el codo, aunque también se me escapa la risa.

El único que no se ríe es el larguirucho de Gray, apoyado en el poste del pie de la escalera.

—¿Alguien necesita una cerveza? —pregunta enseñando su botellín vacío, y lo levanta para saludarnos antes de girar y alejarse.

—Joder, pero qué raro es este tío —dice Jacob después de que se vaya.

Me pone en los hombros todo el peso de uno de sus brazos, mientras me quedo mirando cómo desaparece entre la gente la ancha espalda de Gray.

La fiesta se acaba temprano. Resulta que los padres de Emily Cerato ni siquiera sabían que la había organizado. No se han puesto muy contentos al volver de cenar y de una obra en el Theater District y encontrarse a dos docenas de adolescentes tirados por sus muebles.

—Pero ¿cómo puede ser que Emily no supiera que habían ido a ver una obra de un acto? —pregunta Chloe, cruzando a toda prisa el césped hacia el coche de Jacob, entre bruscas ráfagas de viento otoñal que hacen revolotear su bufanda.

—Igual deberíamos haber intentado convencerlos de que se equivocaban de casa —le suelto.

Le da un ataque de risa que se me contagia. Para cuando conseguimos abrocharnos el cinturón, a Jacob se le notan ganas de dejarnos a ambas en la carretera.

—Tened un poco de compasión del conductor sobrio aquí presente.

—Perdona, perdona —digo entre risitas para tranquilizarlo. Seguro que le damos un poco de rabia, las dos juntas, pero es demasiado buen chico para decirlo—. Vámonos.

Como resulta que nos morimos los tres de hambre, pasamos por el McDonald's que no cierra a por patatas y batidos y luego dejamos a Chloe en su casa.

—¿Nos vemos mañana en el trabajo? —pregunto a la vez que me giro a mirarla.

Los sábados solemos coincidir. Sin embargo, sacude la cabeza.

—Mañana libro —me explica mientras saca el batido del portavasos y se cuelga el bolso de uno de sus estrechos hombros—. Este fin de semana voy a casa de Kyra.

Pongo mala cara.

—¿En serio?

Kyra es una prima un poco más joven que ella que vive en Watertown y está supermetida en su grupo de jóvenes ortodoxos griegos. La conozco de haber ido muchos años a los cumpleaños de Chloe. Mola, en plan de no fumo ni bebo, pero muy íntimas tampoco es que sean.

—¿Por qué?

Se encoge de hombros.

—Yo qué sé; mis padres, que quieren que seamos amigas. Seguro que esperan que me enseñe a rezar en griego.

—Vaya, hombre —le digo en broma—. Suerte, Kyra.

—Ya, ya. —Chloe pone los ojos en blanco—. Gracias por traerme, Jacob. Os veo el lunes.

Con Chloe ya en su casa, Jacob se vuelve con una expresión familiar en sus facciones angulosas, iluminadas por el salpicadero.

—¿Tú tienes que volver ya a casa? —pregunta.

Vacilo al mirar el reloj. Lo cierto es que me queda algo más de una hora para el toque de queda, pero sé que la pregunta de verdad es si quiero ir a aparcar entre los árboles del fondo del aparcamiento del Bridgewater y enrollarnos un poco.

—Mmm.

—Por supuesto no tenemos que hacer nada que no quieras tú —se apresura a añadir.

Hago una mueca.

—Hombre, gracias.

Frunce el ceño, ofendido.

—Venga, ya me entiendes. No te pienso presionar como un pringado de esos. Solo lo decía…

—No, si ya lo sé.

Hago un gesto con la mano para que se calle, un poco avergonzada. La verdad es que tiene razón: nunca me ha dado la lata con que todavía no lo hayamos hecho, aunque me doy cuenta de que cada vez que estamos a punto, y al final le paro los pies, se lleva una pequeña decepción. Ni siquiera es por falta de ganas, en el fondo. Lo que le dije el otro día a Bex iba en serio: Jacob es genial. Es inteligente y todo el mundo lo encuentra graciosísimo, siempre lo dicen. ¡Pero si hasta es segundo entrenador en el equipo de baloncesto de su hermano pequeño! En cuanto a la impresión que tengo a veces de que aún estoy esperando un punto de locura, algo revelador, una sensación como de «Ah, eres tú»… Estamos en el instituto, no en una serie romántica original de Netflix. Tampoco es cuestión de ser tan infantil.

Al final suspiro y le tiro un poco del cinturón de seguridad para que le dé un golpecito en el pecho.

—Vamos —digo.

Jacob sonríe de oreja a oreja.

TRES

El siguiente fin de semana, Gracie tiene un torneo de ajedrez en Harvard Square, así que acompaño a mis padres para verla jugar. Lo que pasa con el ajedrez de competición es que incluso —o sobre todo— en el nivel de la escuela primaria los emparejamientos son más complicados que la fase clasificatoria de la NCAA, y por eso en los últimos años me he pasado mucho tiempo esperando en multitud de pabellones a que le tocase a mi hermana hacer morder el polvo a supuestos prodigios de Newton y Andover.

Hoy se eterniza todo aún más de lo normal; hay un hermano pequeño que cada cierto tiempo se pone a dar patadas en mi respaldo, y el aire seco de la calefacción me hace bostezar. Gracie está a mi lado, con los ojos cerrados y la cabeza apoyada en el terciopelo rojo de la butaca, escuchando música navideña. Me vibra el móvil por un mensaje de Jacob, un Bitmoji donde sale haciendo *snowboard* con la lengua fuera, como un perro. La noche de la fiesta de Emily volví a frenarlo antes de que las cosas llegaran demasiado lejos, aunque la verdad es que no parecía disgustado. Será que, como este fin de semana lo pasa en Vermont, en casa de su primo, está demasiado emocionado con «reventarse la montaña» —lo dice él, no yo— para que le agobie no haber podido bajarme las bragas.

—Voy a buscar una cafetería para hacer los deberes —susurro finalmente.

Mi madre asiente con la cabeza.

—No te alejes demasiado —me indica al sacarse un billete de diez dólares del bolsillo y dármelo—. Ya te mandaré un mensaje cuando esté a punto de empezar la partida.

Al final elijo el Starbucks de al lado de la parada de metro, tiene el escaparate empañado por el frío y la humedad de fuera. Saco el portátil de la mochila y me quedo mirando a los turistas y los universitarios que hacen cola ante el mostrador, y a los hípsteres, con sus tatuajes y peinados *undercut*. A veces pienso que molaría parecerme un poco más a ellos, probar a teñirme el pelo de rosa fosforito o a ponerme un *piercing* en la ceja, pero luego me imagino las miradas de curiosidad y los comentarios sarcásticos que sé que recibiría en el Bridgewater y me parece más seguro no llamar la atención.

—¿Marin?

Al levantar la vista me quedo sin aliento, casi se me cae la taza. Al lado de mi mesa está Bex de pie, en vaqueros y una sudadera gastada con capucha. Con sus gafas, y su taza de café, parece un universitario que ha ido a pasar el fin de semana a casa de sus padres. Lleva el portátil debajo del brazo y la bandolera al hombro.

—Me ha parecido que eras tú —dice.

—¡Ah! —Le sonrío y pongo mi taza en la mesa—. Hola.

—Perdona, ¿te estoy traumatizando? —Sonríe mucho—. Cuando iba a primero, vi a la directora en la piscina y creo que aún tengo secuelas. Una monja en bañador. Lo digo para que se te quede tan grabado en el cerebro como a mí.

Arqueo las cejas.

—¿A las monjas les dejan ponerse bañador?

—Se ve que sí. —Bex se estremece. Luego señala mi portátil con la barbilla—. ¿En qué estás trabajando?

Mis ojos cansados se posan un momento en la pantalla, antes de mirar de nuevo a Bex.

—Mi solicitud de ingreso en Brown —reconozco.

—¿En serio? —Frunce el ceño—. Queda poco para que se acabe el plazo, ¿no? De ti me extraña que lo hayas retrasado tanto.

—La tengo hecha, en serio —confieso, tontamente satisfecha de que se fije tanto en mí como para saber qué suelo y qué no suelo hacer—. Bueno, en el sentido de que tiene cinco párrafos, introducción, desarrollo y conclusión, aunque no paro de hacer retoques. No quiero que se me escape ni un detalle.

—La maldición de los perfeccionistas —dice con una sonrisa cómplice—. ¿Quieres que le eche un vistazo?

Sacudo la cabeza.

—No hace falta.

—No, si me apetece —contesta, dejando en la mesa un MacBook hecho polvo—. Venga, déjame verla.

—¿Ahora?

Se encoge de hombros.

—¿Tienes algún momento mejor?

Se sienta en la silla vacía de enfrente y acerca las manos para que le dé mi portátil. Cierro el navegador —no creo que sirva de nada que vea que he estado perdiendo el tiempo con un fan fiction de *Riverdale*— y deslizo el portátil por la mesa. Me quedo cortada, con la taza vacía entre las manos.

—Bueno, lo que no puedo hacer es quedarme aquí sentada esperando a que la leas —anuncio cuando no han pasado ni cinco segundos.

Me levanto y, mientras hago cola para otro *latte*, no puedo aguantarme las ganas de ir mirando por encima del hombro para saber qué cara pone cuando lee mi texto. Tras las gafas de carey, su mirada es seria. El débil sol de la tarde siembra reflejos dorados en su pelo.

Pocos minutos después vuelvo a la mesa, mordiéndome el labio.

—Es fabuloso —declara Bex sin esperar a que me siente.

Consigo no taparme la boca con las manos, pero por poco.

—¿De verdad?

Asiente.

—En serio, Marin. Solicitudes he leído muchas, y si no fuera verdad no te lo diría. Tienes una manera de escribir supermadura.

—Ah, pues gracias. —Bajo la vista hacia mi taza e intento no sonreír demasiado. No es el primer profesor que me lo dice, pero viniendo de Bex es como si importara más—. Siendo realista, lo más seguro es que lo siga retocando hasta que se acabe el plazo, pero te lo agradezco mucho, en serio.

Se ríe.

—Soy igual. Lo llamo «la maldición del perfeccionista» —contesta, apoyando la silla en las patas traseras como si estuviera en clase—. Oye, no sé si lo sabes, pero yo hice la carrera en Brown. Como mi padre. Y mi abuelo, de hecho.

—Sonríe, un poco avergonzado—. Cuando vayas a la entrevista, busca el auditorio Beckett.

—Ah… vaya —exclamo, abriendo los ojos al captarlo. Ya me habían dicho que era de familia rica, pero no sabía que tanto—. Pues ya me fijaré.

—Te lo digo más que nada porque si quieres que haga una llamada y que intente influir un poco, no hay problema. Seguro que les importa un pepino, pero, en fin, el no ya lo tenemos, ¿verdad?

—Gracias. —Asiento con una sonrisa—. Sería genial.

Él también asiente, satisfecho.

—No es ningún esfuerzo, en serio. Te lo has ganado.

—Y tú ¿qué tal? —pregunto, señalando su portátil con mi taza—. ¿En qué estás trabajando?

—Ay, Dios —contesta con un gesto compungido de la cabeza—. Mejor que no lo sepas.

Levanto las cejas.

—Bueno, pues ahora me lo tienes que decir.

—Mi novela. —Baja la cara hacia las manos y se la tapa, claramente avergonzado—. No me puedo creer que esté diciéndolo en voz alta. Venga, ríete.

Abro mucho los ojos.

—¿Estás escribiendo una novela? ¿En serio? ¿De qué va?

Levanta la cabeza y me vuelve a mirar con un suspiro teatral.

—Supongo que eres consciente de que estoy confiando en ti al decírtelo. Podrías hundirme.

—Nunca haría eso.

—Ya lo sé. —Echa el peso del cuerpo hacia delante, haciendo que las patas delanteras de la silla choquen con el suelo de baldosas—. Va de uno que quiere ser actor de teatro, pero como no se le da muy bien trabaja de marionetista en una sala infantil, haciendo obras sobre la guerra de la Independencia y cosas de esas. Luego se muere su padre. —Hace una mueca—. ¿Ves lo tonto que suena dicho en voz alta?

—No suena tonto —le aseguro de inmediato—. Suena bien, de verdad. ¿Qué es, autobiográfico o…?

Pone una cara enigmática.

—Mi padre está vivo. —Es lo único que dice—. En fin, la cuestión es que empecé a escribirla antes de graduarme y ya tengo una versión casi acabada, pero sigo haciendo…

—¿Retoques? —acabo la frase entre risas—. La maldición del perfeccionista, ¿no?

—Exacto —contesta, chocando nuestras dos tazas.

Me imagino que se cambiará de mesa, porque hay varias vacías, pero no, se queda, mientras yo me tomo mi segundo *latte* con las venas saturadas de cafeína. Hablamos de todo: de lo que hemos pedido en el Starbucks —me dice que él un americano—, del *collie* de sus padres, que ya está un poco viejo, de una exposición de arte de protesta que vio en el Museo de Arte Contemporáneo… De repente tengo la misma sensación que hace un par de semanas, cuando me llevó en coche a casa después del instituto: no es normal poder hablar tan fácilmente con un profe.

No solo con un profe. Con un tío.

Al mirar a los baristas del mostrador, se me ocurre que igual se creen que Bex y yo tenemos una cita, y noto que me sube un calor por el pecho debajo de la camiseta. Yo, obviamente, no lo creo —es mi profesor y tiene como treinta años—, pero ahora mismo sí me puedo imaginar saliendo con alguien como él, alguien interesado en obras de teatro que están a punto de estrenarse en Boston. Alguien que sabe cómo se llama el presidente de la Cámara de Representantes.

Me bebo a sorbitos el café. Lo hago adrede, para que siga hablando y porque empiezan a temblarme las manos de tanta cafeína. Al otro lado del cristal comienza a oscurecer. Sé que debería ir volviendo al torneo, pero hay una parte de mí con ganas de quedarse hasta mañana en este Starbucks. Justo en ese momento suena el móvil de Bex en su bolsillo.

—Me cago en… —dice al mirarlo. Luego me observa de reojo y deja el taco a medias—. ¿En serio que son las cuatro pasadas? ¿Cómo puede ser?

Sacudo la cabeza.

—Lo siento —respondo, aunque no es verdad—. Te he distraído y no has podido escribir nada.

Se encoge de hombros.

—Para serte franco —reconoce—, no creo que hubiera escrito nada. —Sonríe—. Además, la conversación ha valido la pena.

Se levanta, se pasa por el hombro la correa de su bandolera, mientras se despide levantando la taza vacía.

—Que disfrutes lo que queda del fin de semana —dice con una sonrisa natural—. Ah, y el lunes no te presentes en mi clase sin haber enviado la solicitud. Se ha acabado oficialmente la fase de retoques.

—Vale —le prometo.

Veo desaparecer su espalda entre la gente.

CUATRO

El domingo por la noche papá hace doble ración de sopa de pollo con fideos, así el lunes, al salir de clase, me acerco a la residencia Sunrise para dejarle un táper a la abuela. Ya sé que a la mayoría de la gente le parecen siniestras las residencias, imagino que no les falta razón, pero voy allí desde hace tanto tiempo que ya no me molesta mucho el olor a lejía, ni cruzarme de vez en cuando con alguien que no sabe dónde está.

—En el fondo —le comenté a mamá la última vez que vinimos juntas de visita—, tampoco se diferencia tanto del instituto.

Después de identificarme en recepción, subo por la escalera del vestíbulo y saludo con la mano a Camille, la supervisora de la planta de la abuela. Lleva una bata con estampado de flores silvestres y unas Crocs verde chillón. Tiene un montón de batas con dibujos diferentes y Crocs de todos los colores del arcoíris. Cada vez que la veo lleva una combinación diferente, como si fuera un recortable.

—Hola, Marin —dice, inclinando hacia mí el bote de plástico con galletas Trader Joe en forma de gato que hay sobre el mostrador—. ¿Qué, ya has presentado todas las solicitudes?

—Sí —contesto mientras pillo una. Siguiendo el consejo de Bex y entusiasmada como una boba por sus palabras de ánimo, el fin de semana pulsé «enviar»—. Ya están todas enviadas.

—Y seguro que cuando hayas entrado en Brown me traerás una camiseta, ¿a que sí?

—Sí, una camiseta o un banderín —le prometo—. O una de esas mantas grandes para ir a los partidos de fútbol americano.

—Sí, sí, tú búrlate, pero te tomo la palabra. —Sonríe—. Pasa, cariño.

La puerta de la abuela está entreabierta con un tope en forma de *boston terrier*. Aun así, doy unos golpecitos para avisarla antes de abrir del todo.

—Hola, abuela.

Cuando entró en Sunrise, antes de que yo acabara la secundaria, aún tenía muchos más días buenos que malos; plantó una pequeña rosaleda detrás del edificio y organizaba torneos de pinacle en la sala de juegos. Ahora la cosa está más igualada; siempre se acuerda de quién soy, pero según mamá y Camille es mejor no sobresaltarla.

—¡Anda, pero quién está aquí! —dice sonriendo, mientras deja el libro (una novela de misterio muy gruesa, de aspecto truculento) en la mesita de noche. La abuela es socia del Club del Libro del Mes desde los años setenta, por eso todo el mundo dice que me vienen de ella mis genes de friki de la lectura—. Ven aquí.

Me inclino para abrazarle con cuidado los hombros, tan estrechos. Siempre ha sido delgada, pero en los últimos años lo que se ha vuelto es frágil. Ella dice que es porque no le gusta lo que dan de comer en Sunrise, por eso muchas veces mamá, Gracie y yo le hacemos sus antiguas recetas —pollo a la parmesana, *ziti* al horno o sus famosas albóndigas— y se las llevamos. Aun así, no creo que pese más de cuarenta y cinco kilos. Recuerdo que de pequeña, en la playa del cabo Cod, la abuela me levantaba por encima de las olas, y tenía los hombros fuertes y morenos. Ahora es como abrazar un pajarito.

—Ven a sentarte —dice y señala el asiento de delante, un amplio sillón acolchado de su casa de Brockton. Su habitación en Sunrise es de tipo *suite*, con una zona de estar, dormitorio aparte y un baño privado que ella completa con lujosas pastillas de jabón de Williams-Sonoma y una cortina con dibujos de piñas—. Cuéntame qué has hecho hoy.

—Ha estado bien —contesto, guardando la sopa en la mininevera y colgando mi mochila en el perchero—. Nada especial.

—¡Nada especial! —Arquea las cejas, que se repasa cada mañana con un lápiz de Revlon marrón oscuro. Luego, se levanta y va al fondo de la sala de estar, donde hay una cocina diminuta, para sacar una jarra de té helado de la nevera—. Qué evocador.

—Perdona, perdona. —Sonrío con cara de culpable—. Supongo que me ha costado un poco volver al instituto después del fin de semana.

Asiente con la cabeza.

—La gente siempre dice que el instituto es la mejor época de la vida —dice sirviéndome un vaso, sin molestarse en preguntar si quiero—, pero no se lo creen ni ellos. Si vas a la universidad, sí que descubrirás lo que da de sí el mundo. Ya verás.

—Pues mira, me acaban de dar fecha para la entrevista en Brown —le explico entre sorbos de té helado—, o sea, que con algo de suerte tú tendrás razón.

—¿Lo ves? —Sonríe encantada—. Claro que sí.

Ella también fue a Brown; bueno, técnicamente a Pembroke, que es como se llamaba la sección femenina antes de los setenta, cuando se hizo mixta la universidad. Hace unos años, para la reunión del cincuenta aniversario, me llevó a mí de acompañante, ahí fue cuando decidí que también quería ir. Aún me acuerdo de la mirada que puso al decírselo, como si se le iluminase toda la cara.

Levanta la mano que le queda libre y me mete el pelo por detrás de las orejas.

—Qué buena eres, Marin mía —dice—. Aunque tampoco hace falta que lo seas siempre tanto. Te aseguro que yo no lo era.

—¿Ah, no? —pregunto, sin poder aguantarme una sonrisa.

—No te rías —responde la abuela—, lo digo en serio.

—Si yo te creo.

No es verdad. Aunque la abuela tenga tanto estilo y sofisticación, es una de las personas más tradicionales que he visto en mi vida: se casó con mi abuelo a los veintidós, y mientras criaba a mi madre y sus hermanos, trabajaba a media jornada de contable en una empresa de colchones baratos, aparte de hacer de anfitriona de fiestas Tupperware los fines de semana. No la he visto nunca con los labios sin pintar, y lleva el mismo tono de Clinique desde los años ochenta, como mínimo—. A ver si me cuentas más cosas de tu pasado salvaje, abuela.

—Ah… —dice con un gesto de la mano que hace que se le reflejen en el pintaúñas claro los pocos rayos de sol que se filtran por la ventana—. Ah… —repite.

Me doy cuenta de que se ha puesto a divagar. Lo más sorprendente de la enfermedad de la abuela es la manera tan brusca que tiene de manifestarse, como si se hubiera ido de la habitación, aunque no se haya movido de su sitio.

—¿Quieres ver si están poniendo lo de Ina? —pregunto para que no tenga tiempo de ponerse nerviosa, y acerco la mano a la mesa de centro en busca del mando a distancia para poner Canal Cocina.

Mi abuela está obsesionada con *Barefoot Contessa*. Mi madre todavía le compra todos los libros de cocina en cuanto salen, aunque en la *suite* solo hay un microondas y un hervidor eléctrico. También es verdad que a veces, si venimos a verla un día especial, nos encontramos con que ha hecho frutos secos garrapiñados o un cóctel especial. Yo sospecho que Camille tiene algo que ver.

—No empieza hasta las cuatro —dice con mala cara. Le ha cambiado la voz, más aguda, y un poco irritable—. Además, no me gusta la que sale con ella, la del ganado.

A pesar de todo, se dispone a mirar la tele, rodeando el vaso de té helado con sus dedos nudosos. Yo apoyo la cabeza en el respaldo del sillón.

Mi madre está haciendo pechugas de pollo empanadas para cenar cuando llego de Sunrise, al final de la tarde. Aunque en las ventanas de encima del fregadero ya se nota la presión de la noche que cae, en la cocina hace calor y se está bien. El familiar olor a ajo y mantequilla llenan el aire

—¿Qué tal el ajedrez? —le pregunto a Gracie mientras

cojo una uva del frutero de la encimera y me la meto en la boca.

—Bien —contesta ella, encogiéndose de hombros. Está sentada en la península, conectando otra vez el móvil de mamá al altavoz *bluetooth* que le regaló papá para el último Día de la Madre. Por muchas veces que se lo reconecte Gracie, mamá siempre insiste en que no funciona—. He ganado mi partida.

—Lo ha dejado a la altura del betún al creído ese de Owen Turner y su cara de pez —dice exultante mi madre, que nunca ha dejado que la edad de nadie le impida declararlo su enemigo mortal.

Me río, tirándole un poco de la coleta a Gracie.

—Felicidades.

—Gracias —responde ella, asintiendo con satisfacción, justo cuando por fin se conecta el altavoz y empieza a sonar en la cocina la música de ópera italiana que tanto le gusta a mamá—. Ha dicho que se tendrá que ir a vivir para siempre a una aldea perdida de Siberia para pagar por la vergüenza de que lo haya ganado una niña.

—Pues por nosotras encantadas de que el cara pez de Owen Turner nos haga un favor y vaya preparando las maletas —digo alegremente.

—¡Es lo que he dicho yo! —Al ir a sacar del congelador un bote de salsa de tomate congelada para meterlo en el microondas, mamá me da un beso en la sien—. ¿Cómo estaba la abuela? —pregunta después de apretar el botón de puesta en marcha.

A pesar del esfuerzo de sonar natural, no logra disimular una ligera mueca de preocupación.

—Bien —contesto, absteniéndome de comentar el momento tan raro en que he tenido la impresión de que perdía el hilo. A fin de cuentas no tiene remedio, y sería absurdo preocupar a mi madre inútilmente. Abro la puerta de la nevera y agito hacia ella una bolsa de lechuga—. ¿Quieres que prepare un poco de ensalada?

Se me queda mirando con los ojos algo entrecerrados. A veces, cuando miento me da que es adivina.

—Claro —dice finalmente—. Me parece perfecto.

CINCO

Chloe quiere ponerse pronto con las compras de Navidad, por eso el jueves, al salir de clase, vamos al centro en metro para curiosear por las tiendas de Newbury Street. Ahora sí que hay ambiente navideño, con coronas de abeto en las farolas y lucecitas de colores y nieve falsa en los escaparates. Anochece y el cielo es de un azul morado.

—¿Sabes que Bex está escribiendo una novela? —comento mientras damos una vuelta por el Urban Outfitters, que es gigante, y hurgamos entre jerséis peludos y velas de aromas.

Me pruebo unas gafas de sol de plástico blanco, con los cristales en forma de corazón, y las llevo un momento por la tienda, haciendo muecas tontas en todos los espejos.

Chloe me mira por encima de un expositor con esos libros de arte para mesas de centro.

—Y tú ¿cómo lo sabes? —pregunta.

Levanto las cejas.

—O sea, que ya lo sabías.

—No —contesta mientras deja la agenda que estaba mirando, de esas con una pregunta para cada día, y hace girar un expositor de pintalabios ecológicos—. ¿Cuándo te lo ha dicho?

—Me lo encontré el fin de semana en el Starbucks de Harvard Square —le explico. En el mismo momento de decirlo ya me doy cuenta de que parece que esté presumiendo, y de que quizá hasta lo haga un poco—. Acabamos sentados juntos y hablando como dos horas.

Pone cara de sorpresa.

—¿En serio? —pregunta—. ¿Y de qué narices hablasteis para estar dos horas?

Su tono no me permite adivinar cuál de los dos considera que habría deslucido la conversación, Bex o yo.

—Bueno, no sé… —De repente preferiría no habérselo contado—. Un poco de todo, supongo. Para empezar, de su novela.

Le informo del argumento, que explicado por mí sí que suena algo ridículo.

—Él lo explica mejor —le aseguro finalmente, dejando las gafas de sol en el expositor.

Me espero que se ría, o como mínimo que se meta a fondo en el tema, como en septiembre cuando nos pasamos toda una maratón de Harry Potter por cable intentando descubrir si Harry tiene una cuenta secreta de Instagram. Sin embargo, se limita a encogerse de hombros y a indicar la salida con un gesto de la cabeza, a la vez que se enrolla la bufanda en el cuello.

—Vámonos —dice—, que aquí no hay nada que me interese.

—Vale. —Salgo con ella a la acera, que a estas horas está a reventar. Mientras estábamos dentro, ha acabado de hacerse de noche y el aire se ha vuelto un poco gélido—. Oye, por cierto, ¿para quién buscas regalos? —le pregunto, metiendo las manos en los bolsillos para calentarlas.

—Para nadie —responde, adelantándose entre la multitud.

En la librería hípster y la cafetería de lujo, Chloe sigue rara. Solo se anima cuando entramos en el gran centro comercial de Boylston Street, y se le empañan las gafas con el golpe de calor. Entonces, me arrastra a la escalera mecánica para subir directamente al Sephora, donde se abre camino por las filas y filas de rímeles y autobronceadores con una expresión ligeramente beatífica, mientras me agarra la muñeca y me la rocía con muestras de perfume hasta hacerme toser.

—Gracias —me quejo, rodeada de una nube un poco sofocante de vainilla y jazmín que me congestiona la nariz.

—De nada —contesta ella afablemente, antes de respirar a fondo y dejar el frasco en la estantería. Sephora es su paraíso—. Ven, que necesito pintalabios nuevo.

—Hablando de pintalabios —digo, siguiéndola por los pasillos abarrotados—, desde hace un tiempo te veo muy amiga de Dean.

—¿Cómo? —Se para de golpe al lado de una pila de paletas de sombra de ojos metálicas, arrugando la cara como si me hubiera vuelto loca—. ¿Yo y… Dean?

—¿Qué pasa? —pregunto, algo molesta por el tono. Ni que me lo estuviera inventando… A Dean lo he visto esta mañana literalmente pegado a la taquilla de Chloe, con una sudadera que incumplía las normas, picando de una bolsa familiar de mezcla de frutos secos con M&Ms—. ¿Qué tiene de malo Dean?

—No, si no es que tenga nada de malo —reconoce Chloe, encogiéndose de hombros dentro de su chaqueta negra acolchada. Se vuelve hacia el expositor de M·A·C·—. Es verdad que desde la fiesta de principio de curso lo tengo encima.

—Pues eso —digo—. ¿Entonces?

—Entonces nada.

Se vuelve hacia los pintalabios.

—¿Lo dices por Frank, el de la muñequera, del Deli? —digo para tomarle el pelo. Con Frank el de la Muñequera rompió este verano, o sea, que ahora que lo pienso nunca había estado tanto tiempo sin novio desde que nos conocemos—. Hay que decir que olía un poco a salami, pero bueno, no soy quién para juzgar. El corazón tiene sus propias leyes, y eso.

—¡Que no! —Chloe me da un golpe en el hombro, aunque se está riendo. De eso se trataba—. Y con Frank el de la Muñequera no tiene nada que ver, para que lo sepas. No sé… Es que tengo la sensación de que se me ha pasado la época de los chicos de bachillerato.

—¿Ah, sí? —resoplo—. ¿Qué pasa, que vas a empezar a pasearte por el aparcamiento de Saint Xavier, y a buscarte a un par de primaria?

—Hoy vas fuerte, ¿eh? —Hace una mueca—. Solo era un comentario. Dentro de nada estaremos en la universidad y… —Elige una barra de labios del expositor y la acerca a la luz, sin acabar la frase—. No sé… —dice otra vez—. ¿Tú con Jacob crees que seguirás?

—Pues… —La verdad es que no lo he pensado, pero quedaría raro decirlo, incluso a Chloe—. Supongo que dependerá de lo que acabemos haciendo —me escabullo para examinar un corrector y no tener que mirarla a ella.

—¿De lo cerca que esté Jacob de Brown quieres decir? —pregunta Chloe con una gran sonrisa.

—¡Ni lo nombres! —Hago una mueca—. Nadie ha dicho que me admitan en Brown.

—Yo ya sé que irás a Brown —sostiene Chloe, antes de enseñarme dos pintalabios rojos—. ¿Cuál de los dos?

Mi mirada se vuelve penetrante.

—Son… completamente idénticos.

Chloe suelta un bufido.

—¡Qué va! —protesta—. El color de fondo no se parece en nada. ¿Sabes qué te digo? Que no te enteras.

Levanto las manos, como diciendo «¿qué se le va a hacer?».

—Pero me adoras.

—Eso es verdad —admite y se me sujeta del brazo para llevarme hacia las cajas—. Venga, que me quedo los dos.

SEIS

El viernes, después del último timbre, voy a mi taquilla y paso al lado de la redacción de la revista, donde veo a Bex tumbado en el sofá con las piernas cruzadas.

—Hola —saludo, dando unos golpecitos en la puerta abierta.

No tiene despacho propio, pero cuando corrige exámenes y no le apetece estar en la sala de profesores, se esconde muchas veces aquí.

—Hola —contesta, incorporándose con dificultad. Lleva unos chinos y una camisa de cuadros azules con las mangas subidas hasta los codos. Se le han bajado las gafas, pero solo un poco—. ¿Ya te vas?

—Casi —digo, echando mi coleta sobre un hombro—, aunque si tienes un momento la verdad es que me gustaría explicarte una idea para un artículo. ¿Puedo? Son solo dos segundos.

Asiente y, tras indicarme el otro lado del sofá, se acerca una silla de oficina para apoyar los pies.

—Claro que sí.

—Gracias. —Me agacho y saco mi agenda de la mochila—. Mira, se me había ocurrido… —Me callo de golpe al sorprender un enorme bostezo que le hace apretar mucho los párpados y deja entrever el color rosa de su lengua—. Perdona. —Me río, un poco cortada—. ¿No te dejo dormir?

—No, no, no, perdona. —Bex sacude la cabeza y se quita las gafas para pasarse una mano por la cara, antes de volver a ponérselas—. Es solo que no he dormido mucho.

—¡Ajá! —Me recorre el cuerpo un pequeño escalofrío de emoción. Viniendo de él, la palabra «dormir» tiene resonancias extrañamente íntimas, como si el mero hecho de pronunciarla abriese una puerta invisible a pensar en… otras cosas que hace la gente en las camas—. ¿Te ha podido la emoción de corregir?

—Obviamente —contesta Bex con una sonrisa atribulada—. No, es que… ¿Te digo la verdad? Mi ex y yo estábamos intentando arreglar las cosas, y ha sido… —Hace un gesto avergonzado con la mano—. Pues eso, ha sido.

Parpadeo.

—Ah.

Mantengo un tono neutral, como si los profesores se pasaran la vida contándome sus relaciones de pareja, y con Bex ya fueran cuatro o cinco en lo que va de semana. La verdad es que no quiero ni pensar en la posible relación entre reconciliarse con su exnovia y dormir poco; bueno, para ser sincera tal vez sí, aunque está claro que es pasarse de la raya.

—En fin —añade, torciendo los labios—, que ayer por la noche rompimos definitivamente. De ahí… —Se señala a sí mismo—, el cadáver reseco que se presenta hoy ante ti.

Sonrío.

—Qué mal rollo.

Él se encoge de hombros.

—Mejor así —reconoce—. El problema de Lily es que… —No sigue—. Lo siento. Ahora mismo es literalmente de lo último que debería hablarte.

—No, no —digo, dejándome llevar por la curiosidad. Doblo una pierna y la encajo entre mi cuerpo y el sofá—. Tranquilo.

—No, es que dudo mucho que lo sea —responde Bex, sacudiendo la cabeza—. Lo que está claro es que no me hace ganar puntos como figura de autoridad, pero en fin, no sé, a ti te veo como… mucho mayor que el resto de las chicas de tu curso. ¿Ya te lo había comentado alguien?

La verdad es que no, nadie. Me acuerdo de cuando jugaba en secreto con mis Littlest Pet Shop, hasta que me pilló Chloe a mediados de secundaria.

—¿En serio?

—Sí —responde sin la menor vacilación—. ¿Quieres que te diga la verdad? He dado clase a muchos adolescentes, y no te creas, que me gustan, ¿eh?, pero a veces, oyendo de qué hablan durante mi clase…, pues no sé… Emily Cerato y sus amigas, pienso… Marin no es así. Es como si tuvieras un alma vieja o algo así.

De golpe se me llena el pecho de un placer enorme.

—Ah, pues gracias —contesto, bajando la cabeza y sonriendo a mi agenda.

Cuando vuelvo a levantarla, es Bex quien me sonríe.

Nos quedamos casi una hora, él corrigiendo y yo trabajando en unas ecuaciones que no tengo que entregar hasta mediados de la semana siguiente. A las cuatro pasadas, Bex se levanta y al desperezarse se le sale un poco la camisa, dejándome ver algo de piel lisa en la cadera.

—Bueno —anuncia, aguantándose otro bostezo con una sonrisa culpable—, hora de ir tirando, Lospato. ¿Necesitas que te lleve?

—Ah… —Es la primera vez que se ofrece desde el día en que me pidió que no se lo dijera a nadie, hace un par de semanas. Le hice caso y no se lo conté ni siquiera a Chloe. Puede ser que una parte de mí haya estado en vilo, esperando a que me lo volviera a preguntar—. Pues estaría genial, la verdad. Gracias.

Asiente. Recojo mis cosas y salimos por la puerta lateral. En el aparcamiento, que está casi vacío, nos deslumbra la luz blanca. El pronóstico del tiempo sigue insistiendo en que nevará.

—¡Maldita sea! —dice Bex mientras saca las llaves de su bolsa y da una suave palmada en el capó del Jeep—. ¿Sabes qué no te he vuelto a traer hoy?

—¡Uy! —digo, riéndome—. A ver si lo adivino.

—No sé qué me pasa —murmura al abrocharse el cinturón y encender la calefacción—. Bueno, sí, falta de sueño, pero desde Halloween tengo el libro de las narices en la mesa del pasillo, y cada mañana, literalmente, pienso: «Que no se te olvide llevárselo a Marin». Y cada mañana salgo de casa sin él.

—Igual tendrías que escribirte un pósit para ti mismo —digo para chincharlo.

—Si pensara que puedo poner orden en mi vida a base de pósits, compraría acciones de 3M —contesta con una mueca.

Parece que de repente se le ocurre algo.

—Ahora que lo pienso… —dice mientras salimos del

aparcamiento—. ¿Tienes mucha prisa por llegar a casa? Podríamos pasar a buscarlo de camino.

Me quedo sorprendida.

—No hace falta —digo con cautela. Por un lado, no es que no tenga curiosidad por saber dónde vive (al contrario, la tengo, y mucha), pero por el otro no quiero ser pesada—. Me lo traes el lunes y ya está.

Para en un semáforo y me mira con cara de duda.

—Sí, eso, el lunes de la semana que viene. O del año que viene. O dentro de dos años.

—Vale, vale, ya lo pillo —digo riéndome—. Vamos.

Bex vive en una casa victoriana románticamente destartalada, de la que han sacado tres o cuatro apartamentos. Cuando nos acercamos al bordillo, inclina la cabeza hacia la entrada.

—Entra —dice al apagar el motor—, que hace un frío que pela.

—Ah… —Estaba segura de que esperaría en el coche, fijándome en las ventanas asimétricas para ver si adivinaba cuál era la suya. La idea de ver su casa de verdad, verla por dentro, hace que el corazón me empiece a dar volteretas en el pecho. Una parte de mí tiene ganas de mandarle ahora mismo un mensaje a Chloe, y la otra ni contárselo—. Pues… vale.

En el pasillo de entrada hace demasiado calor y hay un papel de pared violento, de rosas repollo en rosas y fucsias agresivos. Una lámpara de araña llena de polvo proyecta su suave luz teatral en la cara de Bex.

—Ten cuidado —dice mientras voy tras él por la escalera, señalando con la cabeza un punto donde se ha separado la moqueta marrón del peldaño—. Mi madre ya no viene ni a verme. Tiene miedo de romperse una pierna, o de envenenarse con plomo, o qué sé yo. Cada día me manda listas de inmobiliarias con bloques de apartamentos renovados que parecen residencias de estudiantes.

—Uf —digo yo. Se me ha empezado a formar en la cabeza una imagen de los padres de Bex: serios, con muy poco sentido del humor, WASP de Nueva Inglaterra como los de *Los Wapshot*, que leímos a principios de curso. Intuyo que debe de sentirse solo en una familia así—. A mí me encanta.

El libro de Franzen está en el sitio prometido, la mesa del minúsculo recibidor de Bex. Me lo da y lo guardo en la mochila, pero él, en vez de acompañarme otra vez a la calle, como me esperaba, cuelga la bolsa en un perchero inestable y se quita la chaqueta con un movimiento de los hombros.

—¿Tienes hambre? —pregunta, poniéndome muy fugazmente una mano en el hombro antes de ir a una cocina muy estrecha—. Voy a buscar algo de beber antes de que nos vayamos.

Sacudo la cabeza.

—No, gracias.

Se me escapa un pequeño suspiro mientras oigo que abre la nevera. No quiero que me pille cotilleando, pero no puedo evitar mirar a todas partes con ganas de grabármelo todo en la memoria: el sofá de piel gastada, el escritorio antiguo cubierto de papeles, las estanterías con libros y más libros… En las paredes hay obras de arte de verdad, pinturas de artistas de verdad, no como los lienzos recargados de *Vive ríe ama* que compra siempre mi madre en HomeGoods para colgarlos en cualquier superficie disponible. Al pie de la ventana hay un tocadiscos, y al lado una caja de vino con discos.

Me adentro con sigilo en el salón, saco un disco y lo giro: *Nina Simone Sings the Blues*. La funda tiene las esquinas un poco desgastadas por el uso. No me suena de nada la cantante, pero me hago el recordatorio de buscarla en Google para poder dejarla caer en alguna conversación posterior.

—¿Qué miras? —pregunta Bex, que ha aparecido a mis espaldas con una botella de agua con gas aromatizada.

Mira por encima de mi hombro. Toda la casa huele como él, a café y algo que podría ser incienso; en la chimenea hay más pilas de libros, y dentro una cesta con revistas *New Yorker*, tantas que ni caben.

Me giro a observarlo, levantando el disco.

—¿Los escuchas de verdad? —pregunto.

Él sonríe con suficiencia.

—Pues sí, listilla —contesta—. La calidad de sonido es mucho mejor que en Spotify o cualquier cosa de esas.

—¿Seguro? —pregunto—. ¿O es lo que dicen en Urban Outfitters para que gastes más?

Bex abre mucho los ojos.

—Yo no me compro mis putos discos en Urban Outfitters —dice riéndose, mientras levanta la mano para quitarme suavemente el disco.

—¿Ah, no? —lanzo, entusiasmada y un poquito horrorizada por su forma de hablar.

La sonrisa de Bex deja a la vista una hilera de dientes perfectos.

—No —dice, entrelazando nuestros dedos y haciendo que me acerque un paso más a él—. Me los compro en una tienda de discos, como cualquier persona que se respete mínimamente.

Hago un ruido muy tenue que no llega a ser una risa, sobresaltada por el contacto, el movimiento y la sospecha repentina de que va a pasar algo malo. Él me acerca una mano a la cara para apartar un pelo suelto.

No tengo tiempo ni de asimilarlo, porque en ese momento pone su mano libre en mi mejilla, baja la cabeza y me besa.

Durante un segundo se me cortocircuita el cerebro, como cuando hay tormenta y parpadean las luces. Es como si su boca estuviera pegada a la de otra persona, no a la mía. Me quedo muy quieta, dejándole hacerlo, hasta que noto que su mano baja de mi cara hacia mi pecho y se activan de golpe todas las reacciones de pánico que hay en mi cuerpo.

—Eeh… —exclamo en voz baja, a la vez que me aparto y retrocedo un paso por instinto. Parece que se me queme el cuello. La piel me va dos tallas demasiado pequeña—. ¿Qué haces?

—Tranquila —responde enseguida Bex con las manos en alto, haciendo el gesto de rendirse, mientras se le dibuja una sonrisa a medias—. Creía que… —Carraspea sin acabar la frase—. Tranquila.

—Eeh… —repito mientras doy otro paso hacia la puerta. Me acuerdo de que una vez mi madre me explicó que de veinteañera iba a bares de mala muerte y, al final de la noche, el encargado apagaba de golpe la música y subía las luces a tope, cortando en seco la diversión y acentuando con crudeza todos los relieves—. No, es que… creo que mejor me voy.

—¡Ah! Sí, claro. —Se toca los bolsillos, nervioso—. Espera, que cojo las llaves y te…

—¿Sabes qué? —Sacudo la cabeza—. Que me queda bastante cerca. Puedo ir caminando.

Frunce el ceño.

—Marin —dice—, oye… ¿y si hablamos un…?

—No pasa nada —digo con el más risueño de los tonos, quizá un poco histérica—. Está todo perfecto, te lo juro. —Hago gestos hacia la puerta—. Bueno, tengo que… Mmm. ¡Disfruta del fin de semana!

Me lanzo por la estrecha escalera y, a pesar del frío, hago a pie todo el camino hasta mi casa, con las manos al fondo de los bolsillos, entre ráfagas de viento gélido que se introducen en mi chaqueta. Cuando entro, mi madre está reuniendo los ingredientes de un pastel de especias invernal para llevárselo a mi abuela, mientras Gracie juega al ajedrez en su portátil en la mesa de la cocina.

—Hola —saluda mi madre, dejando el paquete de harina en la encimera—. Ya me estaba preguntando dónde estabas. —Me mira un momento, entornando un poco los ojos como si pudiera ver moverse la sangre debajo de mi piel—. ¿Qué pasa?

Vacilo un momento, mirándolas. No se me ocurre qué decir. Para ser sincera conmigo misma, siempre ha habido una parte muy pequeña de mí que tenía dudas de que Bex fuera de frente en todo lo que decía, y de que pudiera existir un profesor tan enrollado y tan gracioso (y que estuviera tan bueno, vale, eso también). Algo me decía que en su atención había algo… distinto. Aun así, había aceptado ir en su coche. Y me había sentado con él en el despacho.

Y había accedido a pasar por su casa.

¿Qué me había pensado que podía pasar, a ver?

—Nada —contesto, apretando con fuerza las asas de la mochila.

Doy media vuelta, subo al segundo piso y me encierro en mi cuarto para sacar el móvil del bolsillo y bajar por los contactos hasta Chloe, pero entonces me doy cuenta de que no sé qué decirle. ¡Pero si seguramente no hay nada que decir! Lo más probable es que le esté dando una importancia que no tiene. Igual no es para tanto. Tampoco es que me haya asaltado un pervertido de esos que dan asco en la oscuridad de un callejón. Estamos hablando de Bex.

De Bex.

Y me ha besado.

¿Y si yo, en cierto modo, quería que lo hiciera? Pero, al mismo tiempo, no.

Cuando aún tengo el móvil en la mano, apretándolo como si fuera un arma, se pone a vibrar y lo suelto del susto. Veo que se desliza por la alfombra como si tuviera vida propia. Me agacho a recogerlo, pero se me vuelve a escapar. Cuando lo atrapo, en la pantalla parpadea el nombre de Jacob. Pulso el botón de contestar, acordándome de que esta noche habíamos quedado con un grupo en Applebee's. Se supone que tengo que salir con todos nuestros amigos.

—Mmm… Hola —me sale, con un tono falso y chillón que espero estar imaginándome—. ¿Qué tal el entrenamiento?

—Genial —me explica alegre, antes de embarcarse en casi cinco minutos de enrevesada anécdota sobre Joey y Ahmed, que en el vestuario se han acusado mutuamente de apestarlo todo con sus calcetines y han llegado a las manos. Llama desde el coche, con el volumen de la radio a tope.

—¿Y tú qué tal, nena? —pregunta por fin—. ¿Qué estás haciendo?

—Pueees… —Gano tiempo mientras concentro en dos segundos un millón de cálculos infinitesimales. Me imagino perfectamente a Jacob con la mano apoyada en el volante, tan tranquilo, sin que en las últimas dos horas haya cambiado absolutamente nada en su vida—. No gran cosa. Por aquí.

—¿Seguro? —pregunta Jacob—. Te oigo rara.

—¿Ah, sí? —No sé qué significará que me sorprenda que se haya dado cuenta—. Será que estoy cansada.

No tengo claro si quiero que insista o no. Al final me sigue la corriente, como de costumbre.

—Échate una siesta —me aconseja alegremente—. Yo voy a casa, me ducho y paso a buscarte para salir a cenar, ¿vale?

Al pasear la vista por mi cuarto, me veo reflejada en el espejo de cuerpo entero de detrás de la puerta, con mi coleta, mi uniforme y mi expresión un poco desquiciada.

—Vale —contesto, apartando la vista—. Parece un buen plan.

SIETE

—Vale —le digo a Chloe la noche siguiente, acercando la palma de la mano a su bolsa de doritos. Me ha acompañado a casa desde el restaurante de sus padres, donde teníamos turno de almuerzo, y ahora estamos tiradas en el suelo de mi cuarto—. ¿Te puedo contar una cosa muy rara que ha pasado?

Muerde con finura la esquina de un triángulo.

—Eso ni se pregunta.

—Ya, ya —contesto, hurgando en la bolsa hasta juntar un buen puñado de doritos con sal—, pero es que esto es raro de verdad, no en plan «Jacob mira vídeos de reventarse granos».

—No sé qué decirte —responde Chloe, pensativa—. A mí me relajan esos vídeos.

—¡Dios mío! —Vuelvo a meter los doritos en la bolsa—. ¡Pero qué asquerosa llegas a ser!

—¡Es verdad! —Chloe sonríe de oreja a oreja—. Bueno, venga, cuéntame eso tan raro.

Asiento y, respirando hondo, me digo que no hay ninguna razón para ponerme nerviosa. Es Chloe.

—Vale —repito—, pues resulta que ayer, después del insti, Bex se ofreció a traerme en coche a casa.

—¿En serio? —Abre mucho los ojos.

—Sí, pero lo raro no es eso. Bueno, supongo que así, dicho en voz alta, un poco raro sí que es, pero… —Echo la cabeza para atrás hasta tocar el respaldo de la cama y explico el resto, hasta llegar al beso—. Obviamente, después salí pitando, pero ahora… pues no sé qué hacer, la verdad.

Chloe se queda un buen rato sin hablar. Cuando me giro a mirarla, me la veo partiendo un dorito en cien trozos y repartiéndolos por su regazo como si hiciera un mosaico.

—¿Estás segura? —pregunta finalmente.

Frunzo el ceño.

—¿Cómo que si estoy segura? ¿De lo que pasó, quieres decir? Sí, muy segura. Estaba allí.

—No, ya... Lo que quiero decir... —Se para—. Que si estás segura de que fue intencionado... de que no chocasteis sin querer, ni nada así…

—Sí, estoy segura —replico, aunque de repente una parte muy pequeña de mí ya no lo está. Me enderezo un poco—. ¿Crees que me lo estoy inventando?

—Claro que no —dice ella, recogiendo los trocitos y tirándolos a la papelera que hay debajo de mi mesa.

—¿Seguro? —pregunto—. Porque suena como si…

—¡Marin! —Se ríe un poco—. Tía, que soy yo. No creo que te inventes nada.

—¿Pero? —digo, animándola a seguir.

—¡Pero nada! —me promete—. Si lo hizo, está fatal. Qué asco. ¿Fue con…? —No termina la pregunta.

—¿Si fue con qué?

—No, que qué pasó exactamente. —Levanta las rodillas hasta el pecho y se las rodea con los brazos—. ¿Fue un beso tipo abuela? ¿Con lengua? ¿Cómo fue?

Pienso en la mano de Bex en mi cara y en su palma deslizándose hacia abajo. No tengo la impresión de que lo esté explicando bien.

—No —reconozco finalmente—, con lengua no.

—Vale —dice Chloe con tono de alivio—. Bueno, ya es algo.

—Supongo. —Resoplo—. Perdona, es que... —Me giro en la alfombra y me tumbo otra vez en el suelo—. ¿Crees que tendría que decírselo a alguien? —le pregunto al techo.

—Me lo acabas de decir a mí.

—No, en plan contárselo a DioGuardi, no sé… Es que no se lo he dicho ni a mis padres.

—¿Para meterlo en problemas? —pregunta Chloe.

—No, si yo no quiero causarle problemas a nadie —digo, apoyándome en los codos.

—No, claro —se apresura a responder—. No quería decirlo en ese sentido. Supongo que es que... lo que me has dicho me lo creo, evidentemente, pero ¿estás segura de que no…? ¿De que no se confundió, pensándose que ibas de otro rollo, o…?

Me quedo extrañada.

—¿De otro rollo?

—¡Ya me entiendes! —se defiende Chloe—. O igual la que se confundió fuiste tú. No digo que pasara eso, ¿eh? Para nada. Lo único que quiero es saber qué…

—Yo no estoy confundida. —Uf. No está saliendo como me pensaba, en absoluto. Respiro hondo, tratando de recuperarme—. Lo que hizo Bex fue raro, ¿vale? Objetivamente. Para un profesor, inapropiado.

—Sí, claro, totalmente —dice Chloe, aunque su encogimiento de hombros tiene algo de evasiva—. Pero también suena un poco a que igual le estás sacando más punta de la que tiene. Yo no estaba, obviamente, pero ¿cuántas veces hemos comentado lo bueno que está, o alguna otra cosa en ese plan? Igual Bex solo lo retomó donde lo habías dejado tú, o intentaba que no se hiciera raro, o...

—¿Lo dices en serio? —la interrumpo—. ¿Cómo va a hacerlo menos raro un beso?

—¡No lo sé! Solo intento buscarle alguna lógica. Si te parece que tienes que..., no sé, acudir a las autoridades, o algo así, no te diré yo que no lo hagas.

—Pero tú no irías —digo, tumbándome otra vez sobre la alfombra.

—Pues no, la verdad —contesta Chloe en voz baja—. No intentaría destrozarle la vida a nadie por algo que ni siquiera estoy segura de haber interpretado correctamente.

—¡Yo no quiero destrozarle la vida a nadie!

—No, claro —dice Chloe—, pero es lo que pasaría, ¿no? —Vuelve a encogerse de hombros—. Si se lo explicas a DioGuardi, lo echan y no encontrará otro trabajo porque tendrá antecedentes por algo que igual ni siquiera... —Deja la frase a medias, mientras me pone un dorito en la rodilla y lo equilibra—. No sé, Marin. Es que es Bex..., tu profe favorito.

«Y el mío», oigo que añade mentalmente. Y el de todo el mundo.

—Con él, para empezar, la relación que tenemos ya no es muy normal —explica.

—Ya. —Cierro un momento los ojos. De repente, sin saber por qué, me noto como a punto de llorar—. Supongo que tienes razón.

Nos quedamos un buen rato sin hablar, hasta que Chloe cierra la bolsa de doritos.

—Tengo que irme —dice mientras toma la pinza de plástico de mi mesita de noche—. Le he dicho a mi madre que a las once estaría el coche en casa.

Se levanta y me ayuda a ponerme de pie. Bajamos y pasamos al lado del salón, donde mis padres están viendo una película antigua de Tom Hanks.

—¡Buenas noches, señor y señora Lospato! —se despide alegremente Chloe y, tras descolgar su chaqueta del gancho del recibidor, que está sobrecargado, se gira otra vez hacia mí—: ¿En serio lo hizo? —pregunta en voz muy baja.

—Sí. —Aún no se me han quitado del todo las ganas de llorar. Pero ¿cómo puedo haber sido tan tonta?—. En serio.

Chloe asiente con la cabeza. Parece que vaya a decir algo más, pero al final solo levanta la mano y quita el pestillo, dejando entrar en casa el aire gélido de diciembre.

—Nos vemos el lunes —promete.

Y de repente ya no está.

OCHO

Me paso el resto del fin de semana ayudando a mis padres a bajar los adornos navideños del desván y viendo *Solo en casa*, en un esfuerzo sumamente infructuoso por no pensar en lo ocurrido. El lunes por la mañana, cuando llega la tercera hora, estoy hecha un manojo de nervios. Durante unos momentos me planteo de verdad saltarme Inglés, aunque sería absurdo, ¿no? ¿Qué voy a hacer, faltar cada día el resto del curso?

Vamos entrando, sin que haya llegado Bex al aula. Me planteo un momento —con una mezcla de esperanza y profunda, horrible aprensión— la posibilidad de que hoy no haya venido. ¿Se ha enterado alguien de lo nuestro? ¿Lo ha contado Chloe? Justo cuando me dispongo a llamarla en voz baja, entra Bex tan tranquilo, cierra la puerta y saluda con la mano.

—Perdonad que llegue tarde —dice con el hoyuelo en la mejilla que se le marca cuando habla, colgando la bolsa en el respaldo—. Os informo de que hoy la máquina de *vending* de la cafetería come dólares. Pero no os penséis que he estado intentando desayunar patatas a la barbacoa y una barrita KIND, ¿eh?

Continúa explicando con gran detalle la biografía de Joseph Heller, porque esta semana tenemos que empezar a leer *Trampa 22*. Parece que me hayan dado un golpe en la cabeza. No sé qué me esperaba, aunque no esta normalidad tan anodina y militante. Durante un momento de desorientación, se me ocurre pensar que igual sí que me lo he inventado todo.

Hasta que me acuerdo de la presión de su boca en la mía, y me recorre un escalofrío dentro de la blusa del uniforme.

—Para mañana, las cincuenta primeras páginas —anuncia Bex cuando por fin suena el timbre del final de clase.

Mientras meto los apuntes en la mochila, capta mi mirada desde el fondo del aula.

—Oye, Marin —dice, en el paroxismo de la naturalidad—, quédate un momento, ¿vale?

O sea, que al final no vamos a negar lo que pasó. Noto enseguida un hormigueo en la piel, también un calor muy fuerte en la cara. Asiento y me quedo mientras salen todos al pasillo, ignorando la mirada que percibo que me lanza Chloe al ir hacia la puerta (aunque no la vea).

—Bueno, nada —empieza Bex una vez solos, sentándose al borde de su mesa y frotándose la piel bien afeitada de la cara—. Creo que estaría bien que habláramos, ¿no?

—Mmm. —Me bajo las mangas del jersey del uniforme y cruzo los brazos como por instinto, mientras me apoyo en una u otra de mis Sperry hechas polvo—. Vaya, que… sí, no sé si…

Bex sonríe.

—Marin —dice, enseñando las manos—, que soy yo. No hace falta que me tengas miedo, ni que pongas esta cara de querer morirte, ni nada por el estilo. —Vuelve a frotarse la mejilla con cara de pasar vergüenza—. Está claro que… —No termina la frase—. Se nos… Nos confundimos un poco, eso es todo.

Parpadeo.

—¿Nos confundimos? —repito sin poder evitarlo.

—Mala comunicación —añade él, sacudiendo la cabeza—. Es obvio que ha sido violento para los dos, pero, en fin, a veces pasa.

—Mmm. —Trago saliva—. Sí, claro.

Por una parte, la manera que tiene de decirlo es tranquilizadora, como si se tratara de una simple tontería, un episodio incómodo, no del final de la humanidad. Por otra parte, me doy cuenta de que no se ha disculpado.

A ver si es que no tiene nada de qué disculparse…

A fin de cuentas… Fui yo a su casa. Tonteé con él. Tampoco es que no se me hubiera ocurrido nunca.

—Pues nada —dice, bajando de la mesa para ir hacia la puerta—, solo quería despejar posibles malos rollos y asegurarme de que no queda nada raro en el ambiente. Eres una alumna excepcional, en serio. Me daría mucha rabia que esto fuera un impedimento para lo que hagas al terminar aquí, que seguro será alucinante. —Tiende la mano como si fuera el final de una reunión de trabajo—. ¿Todo bien, entonces?

—Pues… Sí, claro —respondo al estrechársela, con otra sensación de repelús al tocarle la palma, suave y fresca—. Todo bien.

NUEVE

En la cafetería, Chloe me espera donde siempre, sin haber tocado la bandeja que hay sobre la mesa.

—¿Qué quería Bex? —pregunta en cuanto me siento.

Me encojo de hombros.

—Nada, supongo que asegurarse de que está todo bien. En plan después de… —Miro a mi alrededor—. De eso.

Chloe asiente.

—¿Y le has dicho que sí?

—Pues sí, la verdad. —Saco un racimo de uvas de la bolsa del almuerzo y las arranco todas a la vez para no mirarla—. ¿Qué querías que dijera?

Chloe frunce el ceño y tuerce la boca, perfectamente dibujada con pintalabios rojo, como siempre.

—¿O sea, que sí que pasa? —pregunta.

—No, si no digo eso, pero…

Dejo la frase a medias. Es… desconcertante. A fin de cuentas, Chloe y yo llevamos casi todo el curso obsesionadas con Bex, pero, bueno, es normal enamorarse de los profes guapos, ¿no? Pasa mucho. De ahí a que yo quisiera que pasase algo de verdad entre los dos… De ahí a que lo invitara…

¿No?

Antes de que se me haya ocurrido una respuesta, llegan Jacob y dos de sus colegas de *lacrosse*, se sientan y dejan las bandejas en la mesa, cargadas de unos macarrones con queso tan apelmazados que podrían usarse de cemento.

—Señoras… —dice Jacob. Sonrío—. ¿Qué pasa?

—Nada, hablando de la revista —contesto con una mirada a Chloe por encima de la mesa—. Es que a finales de semana tiene que ir a imprenta. —Me meto una uva en la boca—. Por cierto, ¿viste las ideas de artículos que te mandé?

Chloe asiente sin comprometerse.

—A mí también se me han ocurrido unas cuantas. —Señala con la cabeza los macarrones de la bandeja de Jacob—. ¿Te apetece escribir algo sobre el nuevo menú, ya que estamos?

Me río en voz alta. Es más fuerte que yo. Chloe se encoge de hombros.

—¿Qué pasa?

—No, nada, que no es exactamente periodismo de denuncia.

Vuelve a fruncir el ceño.

—¿Ahora te quieres dedicar a eso, al periodismo de denuncia? —pregunta.

—No, bueno, lo decía… —Me callo, extrañada de que se haya picado de repente—. ¿No es lo que intentamos hacer siempre?

Hace una mueca.

—Venga, Marin, que es una revista de instituto… —me recuerda—. Tampoco es que seamos la unidad de investigación del periódico *Boston Globe*.

Justo cuando empiezo a contestar, se oye ruido en la entrada de la cafetería: otra vez el director DioGuardi, seguido con cara de agobio por Deanna Montalto.

—¡Atención, por favor! —grita él para que lo escuchen en toda la sala—. Como por lo visto algunas aún no habéis recibido las nuevas pautas sobre el uniforme, me ha parecido que mi amiga Deanna podría haceros una demostración de todo lo que no hay que hacer.

—¿En serio? —Miro a Deanna, luego a Chloe, y otra vez a Deanna—. ¿De verdad que piensa dar ejemplo con ella, aquí, delante de todos?

—Eso parece —murmura Chloe, mordisqueándose el labio.

DioGuardi se empieza a pasear de un lado al otro como un entrenador de baloncesto en un partido de entrenamiento.

—A ver —pregunta—, ¿quién puede decirme en qué ha infringido Deanna hoy el código? —Señala con la cabeza a una chica de primero sentada en una de las mesas de al lado de la ventana—. Tú, por ejemplo.

—Mmm… —Casi no se la oye—. ¿En que no lleva leotardos?

—¡No lleva leotardos! —repite alegremente DioGuardi—. Sí, sin duda es uno de los fallos. ¿Qué más?

Deanna se queda callada mientras el director señala una por una todas sus infracciones, desde llevar la camisa por fuera hasta haberse puesto unos pendientes de aro demasiado grandes. Incluso le pide a la señora Lynch, la secretaria del centro, que le traiga una regla, para poder así medir el largo de la falda.

—Qué horror —murmuro. Sin embargo, al mirar a Jacob para que me lo confirme, me doy cuenta de que está presenciando la demostración con una sonrisa afable.

—¿Qué haces? —le pregunto, clavándole un dedo en las costillas con más fuerza de lo que quería—. No tiene ninguna gracia.

—Bueno, un poco sí —contesta él con un encogimiento de hombros—. Además, a Deanna no le importa. Seguro que tener la cafetería llena de tíos que la miran es su sueño.

—Pero qué cerdo llegas a ser —le digo, mientras sus colegas se ríen a carcajadas.

Vuelvo a mirar la cara inexpresiva de Deanna. Creo que nunca me había parado a preguntarme en serio por qué dice todo el mundo que es una puta, más allá de que tenga las tetas grandes y saliera con un chico en primero de secundaria. De repente pienso que aunque haya estado con un millón de tíos, y aunque se vista para llamar la atención, es cosa suya.

—Señorita Montalto —concluye el señor DioGuardi—, esta tarde se queda castigada. Al resto de las chicas, decirles que, por favor, se acuerden de vestirse de manera acorde a los valores que enseñamos aquí en Bridgewater.

—Eso, chicas —se burla Jacob—, tened valores, haced el favor.

—Ahora mismo, sin tener ni que esforzarme, veo que incumples de tres maneras el reglamento sobre el uniforme —digo—. Tienes suerte de que DioGuardi no te haya puesto a ti delante de todo el mundo.

—Ya ves —dice Jacob tan pancho, encogiéndose de hombros.

Miro a Chloe para que me apoye, pero está ocupada con el móvil, escondido en el bolso.

—¿Puedo comérmelas? —pregunta Jacob, señalando las uvas que quedan.

Se las doy sin protestar. Se me ha quitado el hambre de repente.

DIEZ

Esa noche, en mi escritorio, me como todos los caramelos Starburst rosas que me he comprado en el CVS y, sin apartar la vista del cursor que parpadea en la pantalla del portátil, intento con muy poco éxito escribir un borrador del famoso artículo sobre el nuevo menú de la cafetería. Normalmente me gusta mucho escribir para el *Beacon*, pero ahora se me mezcla con lo que pasó con Bex, y con todas las tardes de supuesta diversión que hemos pasado en la redacción de la revista. Bueno, divertidas sí que eran, al menos para mí, pero ahora…

Por otra parte, no se me puede pedir que un trozo de pollo a la brasa sobre un lecho fofo de lechuga romana suene emocionante y novedoso.

Al final aparto la silla del escritorio, y al hacerlo sorprendo a mi reflejo en el espejo de detrás de la puerta del armario. Me ha crecido mucho el pelo, aunque las puntas aún conservan rastros de las mechas que me hice en verano con zumo de limón. De pequeña siempre quería parecer una sirena. Me acuerdo de que la noche antes de ir a la playa Chloe y yo siempre nos hacíamos trenzas para dormir, y luego nos encerrábamos en su baño o el mío para untarnos crema autobronceadora. Dedicábamos mucho más tiempo a los preparativos que a jugar con las olas. De repente, pienso en todo el tiempo que he malgastado en mi vida intentando dar la impresión de que no me he dedicado ninguno.

Me levanto y me miro de cuerpo entero en el espejo, con mi camiseta corta y la franja de barriga que asoma por encima de mis tejanos de cintura alta, y por un momento me pregunto qué pensaría si no me conociera y viera una foto mía en Instagram. ¿Qué le comentaría a Chloe sobre el culo plano de esa chica y de su rímel corrido? Lo que es poco probable que dijera es «parece lista y buena amiga».

Miro el sitio vacío donde estaba sentada Chloe la otra noche, mientras se me repite mentalmente la conversación como una melodía barata de las que ponen por la radio: «Le estás sacando más punta de la que tiene». Al oírlo me puse de los nervios, pero quizá tenga razón. Me recuerdo otra vez que fui yo la que entré en casa de Bex y que me volví a poner bálsamo ChapStick en el coche. ¿Eso era invitarlo? No fue mi intención; al menos no lo creo… pero, en fin, quizá solo tuvimos un problema de «mala comunicación».

De golpe me viene a la memoria: pasó. Yo estaba allí. ¡Pero bueno, si parece que quiera hacerme dudar yo misma! Lo que pasa es que para moverse por el instituto hay tantas reglas tácitas —y por la vida puede que también— que es inevitable preguntarme cuál puedo haber incumplido para acabar en esta situación. Hay tantas reglas para las chicas…

Estiro los brazos hacia arriba y vuelvo a pensar en lo que le ha pasado hoy a Deanna durante el almuerzo, y en su mirada de animal enjaulado mientras le reñía DioGuardi delante de todos. Cuanto más lo pienso, más me enfado; con DioGuardi, por supuesto, pero también conmigo misma. Quiero explicarle a Deanna lo arrepentida que estoy de todos los comentarios desagradables y sexistas que he oído decir sobre ella porque sí, y de todas las veces en que, pudiendo haber dicho «no tiene ninguna gracia», me he callado. Tengo ganas de decirle que es todo muy injusto. ¿Qué pasa, que todos los chicos quieren enrollarse, pero que si te lías de verdad con ellos tienes que preocuparte de que te pase lo mismo que a Deanna? Quiero preguntarle si ella también tiene la sensación de que estamos obligadas a seguir todo tipo de pautas a cambio del supuesto privilegio de ir por el mundo como adolescentes: tontea, pero no demasiado; sé segura, pero no agresiva; sé graciosa, pero sin pasarte, con discreción; come hamburguesas con queso, pero no engordes; sé enrollada, pero sin descontrolarte. Me parece que podría seguir y seguir, como si la lista completa diera para llenar todo uno de esos rollos a la antigua de los dibujos animados sobre Santa Claus.

Meto la mano en la bolsa, desenvuelvo otro caramelo Starburst y mastico un momento, pensativa, antes de volver a poner las manos en el teclado.

REGLAS PARA SER UNA CHICA

Me paso casi toda una hora tecleando como una posesa. Me vuelan los dedos por las teclas y tengo la lengua entre los dientes. Justo cuando acabo, llama Gracie a la puerta.

—¿Vienes a ver la tele? —pregunta apoyada en el quicio, con sus pantalones de pijama a cuadros rojos y negros y sus zapatillas peludas—. Papá va a hacer palomitas.

—Mmm… ¿Qué? —Me siento como un trapo de cocina. Miro el reloj de la esquina de la pantalla, con la certeza de que han pasado horas y de que es casi de madrugada, pero me quedo estupefacta al ver que no son ni las nueve—. Claro, ahora voy.

—Vale. —Gracie se me queda mirando—. ¿Estás bien?

Miro mi artículo, después a mi hermana.

—Estoy bien —le digo sonriendo un poco.

Es la primera vez desde lo del piso de Bex que me parece que lo digo de verdad.

REGLAS PARA SER UNA CHICA
POR MARIN LOSPATO

Empieza antes de que puedas acordarte: de la misma manera que aprendes a caminar y hablar, también aprendes las reglas para ser chica. Eres una princesa. Eres la niña de los ojos de papá. ¿Tienes cosquillas? Dale un abrazo. Pero qué mona eres. Pero qué niñita más buena.

De esos primeros tiempos no te acuerdas, pero sí de lo que vino luego: de las clases de ballet, de que se te marcaba la barriga en los leotardos rosas, y tus padres tenían miedo de que en el futuro tuvieras algún trastorno alimentario, de que luego probaste el claqué, o el fútbol, o ¿por qué no un instrumento? Te acuerdas de «¡solo queremos que seas feliz!», y de que decías que ya lo eras porque sabías que era lo que querían oír. ¿Cuánto tiempo hace que dices lo que quieren oír los demás?

Pasó el tiempo y… ¡LAS CHICAS PUEDEN HACER DE

TODO! ¡Habla más fuerte, que no te oigo! Pero también «esos modales, señorita». ¿Que te molesta un niño en el colegio? ¡Pues defiéndete! ¿Que te molesta un niño en el colegio? Solo lo hace para que te fijes en él. ¿Te gustan las estrellitas, los unicornios y todo lo rosa? Venga ya, qué tontería. ¿A esto puedes jugar? No, lo siento, es que es solo para chicos.

Ponte un poco de color en la cara. Depílate las piernas. No te maquilles demasiado. No lleves falda corta. No distraigas a los chicos poniéndote bodis, tirantes finos o calcetines altos. No distraigas a los chicos teniendo cuerpo. No distraigas a los chicos.

No seas de las que no pueden comer pizza. Ah, pero ¿también te tomas un batido? ¡Guau! ¿Has engordado? No te pongas tan delgada como para quedarte sin curvas. No tengas tantas curvas como para no estar delgada. No ocupes demasiado sitio. Es solo por tu salud.

Sé graciosa, pero sin agobiar. Sé lista, pero, ojo, que te queda mucho que aprender. No te dejes pisotear, pero tampoco seas mandona, por favor. Ve de tranqui. Sé campechana. Ve de colega con los chicos. Pero tampoco tan de colega. Sé feminista. Mujeres del mundo, uníos. ¿Qué pasa, que eres lesbiana o qué? Ahora, que si te mira él puedes darle un beso a otra chica, que eso excita. Monta un número. Ni se te ocurra montar un número, que es desagradable.

No vayas de fácil. No te dejes a la primera. No seas una estrecha. No seas fría. No vayas de solo amiga. No estés desesperada. No dejes que la cosa vaya demasiado lejos. No le hagas pensar lo que no es. No le reproches que lo intente. No vayas sola de noche por la calle. ¡Pero no te pongas nerviosa! No te preocupes tanto. ¡Sonríe!

Acuérdate, chica: es el mejor momento de la historia del mundo para ser tú. ¡Puedes hacer lo que quieras! ¡Puedes hacer cualquier cosa! ¡Puedes ser lo que quieras!

A condición solo de que cumplas las reglas.

ONCE

La mañana siguiente de camino a mi taquilla, oigo mi nombre. Me giro y veo la cabeza de Bex asomada al pasillo por la puerta de la redacción, con el cuello de su camisa de franela a cuadros ligeramente torcido.

—Hola —saluda alegremente, haciéndome señas—. ¿Tienes un momento?

—Mmm. —Echo un vistazo al antiguo reloj del pasillo. Hace una semana no habría tenido ningún reparo en estar sola con Bex en la redacción; hasta me habría alegrado de poder gozar de su atención en exclusiva, pero no estamos hace una semana—. Claro.

Bex asiente y se mete otra vez en el despacho para sentarse al borde de la mesa. Yo me quedo en la puerta, incómoda, cruzando y descruzando los brazos.

—Bueno —dice con el mismo tono simpático de antes. ¿Suena un pelín falso o me lo imagino?—. Solo quería comentar rápido el editorial que subiste ayer por la noche.

—Claro —repito con cautela. Fue en lo último que pensé antes de quedarme dormida, y lo primero al despertarme; creo que es de lo mejor que he escrito nunca, pero el tono de Bex, por alguna razón, hace que de repente me entren dudas—. ¿Por qué, no te gusta?

—No, no, qué va, me parece buenísimo —se apresura a contestar, levantando las manos—. Es muy inteligente, y tiene garra. El estilo es de primera, no hace falta ni decirlo. Solo quería asegurarme de que lo tienes todo bien pensado antes de que lo publiquemos

Frunzo el ceño.

—¿Qué hay que pensar?

—Bueno, no sé… —dice Bex, ladeando la cabeza—. ¿No te parece que te posicionas mucho?

—Supongo —contesto lentamente—, pero, bueno, tampoco me ha parecido que fuera para tanto.

Bex sonríe.

—A ver, Marin, no me malinterpretes, el editorial es brillante. Lo que pasa es que en este instituto hay mucho cabeza hueca, y como consejero tuyo quiero asegurarme de que estás preparada ante posibles represalias.

—¿Crees que las habrá? —pregunto, sorprendida. Ni se me había ocurrido. De golpe me asalta la duda de si soy el colmo de la ingenuidad—. ¿De parte de quién?

—Ni idea —responde enseguida Bex—. De mí no, evidentemente. Solo quiero que no te pille por sorpresa que no todos se queden flipado con lo que dices.

Asiento, apretando un poco más los brazos hasta que casi parece que me abrace a mí misma. Empiezo a tener la clara impresión de que a Bex le parece que debería retirar el artículo, y en parte tengo ganas de pensar lo mismo. A fin de cuentas, no me interesa para nada que en el insti se crean que soy una especie de feminista militante.

Por otro lado, me hago la inevitable pregunta de si tiene algo que ver con lo que pasó en su piso.

—¿No va de eso dirigir la revista? —pregunto finalmente, haciendo el esfuerzo de relajar mi postura, erguirme y echar los hombros hacia atrás como la gente que sabe lo que piensa y lo dice sin miedo—. ¿De decir cosas que a veces incomodan a la gente?

Bex se me queda mirando un buen rato con una expresión inescrutable.

—Vale —dice justo cuando suena el timbre de la primera hora—, pues lo incluimos en el próximo número.

Durante la mañana, la semilla de duda que ha plantado Bex en mi cabeza echa raíces, hojas y flores, y al empezar la tercera hora prácticamente es un parque nacional. Me gustaría que antes de sonar el timbre me dijera algo Chloe para motivarme, pero cuando entra en el aula de Bex, tiene las cejas pintadas muy juntas.

—Oye —dice, acercándose en línea recta y sentándose al borde de mi mesa, mientras sopla para apartarse de los ojos un mechón amarillo y deja caer su bolso de cuero azul eléctrico en el linóleo, con un golpe sordo—, ¿podemos hablar un momento de tu editorial?

Se me cae el alma a los pies.

—¿A ti tampoco te gusta? —pregunto.

—No, no es eso, pero… —Frunce el ceño—. Espera, espera… ¿A quién más no le gusta?

Me encojo de hombros y bajo la voz mientras miro por encima del hombro la puerta del aula:

—Esta mañana lo he estado comentando con Bex, y estaba raro, no sé…

—Lo más seguro es que lo haya hecho para protegerte.

—¿De qué hay que protegerme? ¿Acaso el artículo es tan malo que…?

—¡No es malo! —me interrumpe Chloe—. Solo un poco… estridente.

La ofensa me deja boquiabierta.

—¿Cómo que estridente? ¿Y eso qué es?

—Pues para empezar tu tono de voz ahora mismo. —Me tira suavemente del pelo, riéndose un poco—. Tranquilo, tigre. No sé… Es que parece que odies a todos los chicos, o que consideres que estás muy oprimida porque tienes que depilarte las piernas. O que estés a punto de convertirte en una de esas chicas que ni se las depilan.

—¡Pues claro que me voy a seguir depilando las piernas! —protesto—. Eso no es lo que…

—A ver, que no te estoy diciendo que tengamos que quitarlo —explica—. Tampoco te voy a dar la brasa porque te lo hayas montado tú sola, aunque creía que en principio la revista la dirigíamos entre las dos. Lo único que pienso es que más vale que estés preparada por si hay represalias.

—¿Represalias? —Cierro un poco los ojos con suspicacia. Es la misma palabra que ha usado Bex—. ¿Has comentado esto con Bex?

—¿Qué? —Sacude la cabeza—. ¡No!

No sé por qué, pero no la creo del todo, aunque lo más seguro es que estoy siendo paranoica. Hoy no me fío por completo de mi propio criterio. Desde hace unos días, para ser más exacta.

—Bueno —digo lentamente—, ¿lo publicamos?

—Lo publicamos —me promete con una sonrisa, y antes de sentarse hace que choquen nuestros hombros.

El lunes sale mi editorial en la primera página del *Beacon*, justo al lado de los resultados del campeonato de natación de la semana anterior y del menú de esta.

Antes de la primera hora encuentro a Jacob en la cafetería, se está comiendo un sándwich de huevo y mira su Snapchat en el móvil.

—Hola —saludo, aliviada de verlo.

Me he pasado la mitad de la noche con miedo de haber cometido un gran error —exponiéndome a todo tipo de dramas innecesarios y chocando con el *statu quo*—, pero es una ridiculez, ¿verdad? Si solo es un editorial… Además, ¿qué tiene de polémico? Está claro que las reglas para ser chica son ridículas. Lo ve cualquiera.

Jacob no me devuelve la sonrisa.

—Hola —dice.

Es cuando me fijo en que tiene delante la revista abierta, como un salvamanteles.

—No me lo digas. —Me siento en la silla de al lado, con cautela—. No te encanta.

Se encoge de hombros.

—No es que no me encante —añade—, es que… pues que no me ha dado muy buen rollo, pero en fin…

—¿Ah, no? —pregunto en un momento de confusión—. ¿Por qué? Ni que hablara de ti…

—Vale —replica Jacob—, pero se pensará todo el mundo que sí. ¿Piensas que todos los tíos son como dices?

—¡Pero si en el artículo ni siquiera se habla de los chicos!

—protesto—. Solo de las expectativas que se tienen con las chicas.

—Ya.

No ha sonado muy convencido.

—Sabes, podrías hacer el esfuerzo de decir algo bueno —le suelto, enfadándome de golpe—. Ya que soy aparentemente tu novia, y todo eso…

—¿Cómo que aparentemente mi novia? —La mirada de Jacob se hace más penetrante—. ¿Qué ha querido decir eso?

Observo toda la cafetería, incómoda. A esta hora está casi vacía, pero solos del todo no estamos, ni mucho menos. Veo que a unas mesas de distancia hay dos de primero que hacen ver que no escuchan.

—Quiere decir que me encantaría que intentaras apoyarme un poco más —digo, reduciendo mi voz a un murmullo—. Perdona, es que no estoy segura al cien por cien de cómo reaccionará la gente, y claro…

—Pues entonces, ¿por qué lo has publicado? —me interrumpe—. De todos modos, está clarísimo que te da igual lo que piense, porque ni siquiera me habías avisado. Joder, si me he tenido que enterar por Joey, quien…

—Para escribir un editorial no necesito tu autorización.

—¡Eso no es lo que digo! —Jacob sacude la cabeza—. ¿Me lo has oído decir en algún momento? —Suspira—. Bueno, tranquila —continúa, apretándome la mano—. Me sabe mal que estés tan estresada por esto. Por si te sirve de consuelo, tampoco es que la gente pida a gritos leer el *Beacon* en cuanto sale.

—¿En serio? —pregunto, apartando la mano—. ¿O sea, que lo más seguro es que no lo haya leído nadie? ¿Esto es lo mejor que se te ocurre?

Se le tensan los hombros.

—Pero ¿se puede saber qué te pasa esta mañana? —Su desconcierto parece sincero—. ¿Tienes la regla o qué?

Lo miro un momento, pestañeando.

—Mira, ¿sabes qué te digo? —le suelto, echando la silla para atrás con un chirrido. De repente me da igual que me oigan—. Que me parece que esto no funciona.

—Un momento. —Jacob abre mucho los ojos—. ¿Qué no funciona?

—Esto. —Hago un gesto entre los dos—. Tú y yo, en general. Creo que… No sé, igual es que necesito un respiro. De ti. Un respiro permanente, como si dijéramos.

La verdad es que me impacta oírmelo decir, y por la cara de Jacob a él también. Hace diez minutos no me planteaba ni remotamente romper con él, pero de repente parece la única decisión lógica.

—Pero bueno, Marin, ¿qué pasa? —También se ha levantado, haciendo ruido con la silla, y ahora nos miramos cara a cara—. ¿A qué hostia viene todo esto? Vale, perdona lo que te he dicho de la regla, ha sido una cagada, pero tampoco es como para romper.

—¿Ah, no? —pregunto, aunque ahora que lo pienso tengo la impresión de que es por mucho más que por un solo comentario tonto.

Es por la lista que hicieron el año pasado sus compañeros de *lacrosse* ordenando a las de primer curso por lo buenas que estaban. Es por su manera de reírse de Deanna en la cafetería. Es por la mueca de burla cuando estuvimos hablando de lo de los uniformes, y por que siempre dé por supuesto que quiero yogur helado, no helado. Es por un millón de detalles que me había dicho a mí misma que no tenían importancia, pero que de repente sí la tienen, y mucha.

—No sé, tío.

—Pues vale —responde Jacob, levantando las manos. Se ha cabreado. Aprieta los labios y se le han puesto muy rosadas las mejillas—. Ya no estamos juntos. ¿Sabes qué? Que si a partir de ahora vas a ser así, igual es mejor que hayamos roto.

—¿Ah, sí? —Levanto las cejas—. ¿Así cómo, si se puede saber?

—Pues eso, así —dice, haciendo un gesto vago para señalarme—. De repente te da por escribir un artículo raro y te pones en plan psicópata y... ¿Lo siguiente qué es, convertirte en una feminista loca?

Me río en voz alta y me sale forzado.

—Una feminista... ¿Sabes qué te digo, Jacob? Que igual me voy a convertir exactamente en eso. Y que igual te puedes ir a tomar por el culo.

Al principio se me queda mirando mientras abre y cierra la boca. Es la primera vez que le digo algo así, a él o a cualquier otra persona. Preveo sentirme horrorizada, pero como me siento, en cierto modo, es poderosa. Igual me iría bien decirle más veces a la gente que se vaya a tomar por el culo.

—Pues muy bien —contesta finalmente mientras hace una bola con el envoltorio del sándwich y la tira al cubo de basura de la entrada de la cafetería—. Hasta nunca.

—Hasta nunca —repito, echándome al hombro la mochila para ir a mi primera clase.

La reacción de Jacob a mi editorial da bastante bien el tono del resto de la mañana. Dean Shepherd finge encogerse con teatralidad, como si se pensara que voy a pegarle. Hallie Weisbuck hace un chiste sobre Hillary Clinton.

—Igual es para bien —me consuela Chloe al principio de la clase de Bex—. La verdad es que desde que empezamos a dirigir el *Beacon* nunca había dado tanto que hablar.

—¿Lo que vende no son los titulares, sino los editoriales de la loca de Marin? —pregunto, imitando *Newsies*, que vimos mil veces en secundaria. Frunzo el ceño—. Ah, y acabo de romper con Jacob.

—Pero ¡qué dices! —Chloe baja las manos—. ¿Por qué?

—Porque… —No sigo. De repente «su machismo inconsciente ha empezado a molestarme cuando le he oído decir que no le gustaba mi artículo» ya no parece un motivo tan válido como esta mañana—. Porque…

Chloe sacude la cabeza.

—Pero Marin, tía, ¿qué te pasa?

—Bueno —dice Bex sin darme tiempo de contestar, apoyado en su mesa—, ¿vamos empezando?

Me arrellano en mi silla mientras repasa la unidad de vocabulario de esta semana y nos pone un comentario de texto para la siguiente.

—Os he preparado una nueva lista de lecturas —anuncia, repartiendo un fajo de hojas—. Quiero que elijáis uno de los relatos cortos de la lista y escribáis dos o tres páginas sobre alguna de las técnicas literarias que usa el autor.

Son deberes fáciles, de los que me ventilo en una o dos horas, pero al mirar la lista de autores por encima noto que se me juntan las cejas: John Updike, Michael Chabon, John Cheever. Levanto la mano sin poderme aguantar.

—Sí —dice Bex con una señal de la cabeza—. Dime, Marin.

—Perdona, pero es que… —Miro a mi alrededor, ligeramente nerviosa. Dean Shepherd ya se sonríe—. ¿En esta lista no debería haber alguna mujer? ¿O autores que no fueran blancos?

Al principio, Bex pone cara de sorpresa y mira la lista, como si se le pudiera haber pasado por alto la omisión. Después, chasquea un poco la lengua y vuelve a mirarme.

—Bueeeno, Marin… —dice con buen tono—. O sea, que no te gusta la lista. ¿A quién crees que habría que añadir?

—Pues… mmm… —Vacilo con la cabeza horriblemente en blanco. Para ser sincera, en este momento no podría citar ni un solo relato, aunque me fuera la vida, y menos que no estuviera escrito por un blanco muerto—. La verdad es que a tanto no había llegado —reconozco finalmente.

—Bueno —dice Bex con el mismo buen tono, aunque ahora me parece un poco artificial, más sarcástico que amistoso, en el fondo. Es la primera vez en todo el año que no lo noto contento al cien por cien con unos deberes, aunque supongo que también es la primera vez que me quejo—. Si se te ocurre algo, no dejes de decírnoslo, ¿vale?

Se oyen risitas, mientras asiento compungida y noto un hormigueo de vergüenza en todo el cuerpo. Chloe me lanza una mirada de incredulidad. Dios, ¿por qué no habré cerrado la boca? Como si no estuviera llamando bastante la atención…

Justo cuando Bex se vuelve otra vez a la pizarra, llaman a la puerta, que está abierta. Al mirar, allí está la profesora Klein, con su vestido camisero azul marino, sus gafas grandes y redondas y el pelo oscuro recogido en un moño muy pulcro sobre la cabeza.

—Señor Beckett —dice, mirándonos a los dos de una

manera que me hace preguntarme si ha oído la conversación—, le traigo los formularios de asistencia de la señora Lynch. Le he dicho que se los daría yo.

—¡Ah! —Bex asiente con una sonrisa de un millón de vatios—. Gracias.

Por suerte, cuando vuelve a sentarse parece que ya no se acuerda de mí. Aun así, me paso el resto de la hora encorvada en la silla, con unas ganas locas de desaparecer. Nada más sonar el timbre de final de clase, viene Chloe y me agarra por el brazo para sacarme al pasillo.

—A ver, ¿en serio que tenías que añadir una discusión con Bex delante de toda la clase a la lista de cosas dramáticas que has hecho hoy? —pregunta en broma, aunque no tanto—. ¿Qué pasa que estás con el síndrome premenstrual o qué?

—Venga ya. —No le cuento que a Jacob lo he dejado básicamente por haberme dicho lo mismo no hace ni tres horas—. No era ninguna discusión —me defiendo—. Es que me ha parecido que...

—¡Marin!

Me pego un susto. Hoy no estoy para que me dé la vara nadie más, pero, al volverme, observo que es la profesora Klein, con una botella de agua en una mano y un delgado libro de bolsillo blanco en la otra.

—¿Puedo hablar un momento contigo?

—Mmm... —Miro a Chloe, luego otra vez a la profesora Klein—. Claro.

La sigo por el pasillo.

—He oído tu conversación con el señor Beckett —me dice.

Hago una mueca.

—No sé si se puede llamar conversación —reconozco—. Me he quedado totalmente en blanco.

Sonríe.

—A veces pasa —añade—, pero ha sido un buen impulso por tu parte. Es ridículo que en una lista de lecturas todos sean blancos y hombres. La próxima vez te lo preparas mejor y ya está. Toma. —Me enseña el libro—. Podría ser un buen punto de partida.

Leo el título: *Mala feminista*, de Roxane Gay.

—¿Sabes qué? —La profesora Klein me mira pensativa—. Que si no te gusta cómo funcionan aquí las cosas, deberías intentar cambiarlas.

Se aleja sin haberme dado tiempo a preguntarle qué ha querido decir. Luego, se gira.

—Por cierto —dice—, me ha gustado mucho tu artículo.

A la hora del almuerzo leo *Mala feminista* en la biblioteca, luego sigo entre clases. Por la noche leo hasta tarde. Dos mañanas después, antes del primer timbre, voy a ver a la profesora Klein y me la encuentro sentada en el laboratorio de biología, repasando las programaciones con música clásica a bajo volumen en el móvil. Lleva un vestido camisero de un verde muy oscuro.

—Hola, Marin —saluda con una sonrisa—. ¿Qué tal el libro?

—Creo que tengo una idea —le explico en vez de contestar—, pero necesito que me ayude.

DOCE

—Te aviso de que no creo que venga nadie —le digo a la profesora Klein dos semanas después, nerviosamente sentada al borde de un banco del laboratorio, antes del timbre de la octava hora.

Cuando se me ocurrió lo del club de lectura feminista, la noche después de que me diera ella el libro de Roxane Gay, me pareció una idea casi brillante. Qué buen corte de mangas al absurdo código indumentario del señor DioGuardi, y a la lista sexista de lectura de Bex, ¿verdad? Qué gran corte de mangas a todo lo que ha estado ocurriendo. Hice *fliers*, y después de pensármelo mucho me decidí por *El cuento de la criada*, porque era del que había más ejemplares en la biblioteca. Los documentos de la nueva organización de alumnos los tramité con la señora Lynch en administración.

Ahora que ha llegado el día de la primera sesión, me siento, en cambio, como la anfitriona de una fiesta a la que no quiere ir nadie. Hasta Chloe me ha dado la excusa de que tiene turno extra en el restaurante, cosa que a estas alturas supongo que no debería sorprenderme, pero que de todos modos es un asco. El hecho de no haber podido convencer ni a mi mejor amiga de que un club de lectura feminista es buena idea no presagia nada bueno.

La profesora Klein se encoge de hombros.

—Bueno, pues que no venga nadie —dice—. Así podremos hablar tú y yo del libro. —Señala con la cabeza la caja de Dunkin' Donuts que hay sobre la mesa de al lado—. Y comernos veinticinco *munchkins* cada una.

Me tranquiliza un poco reírme. Justo cuando voy a preguntarle si ha leído algo más de Margaret Atwood, entran en el aula dos chicas de primero que me suenan vagamente del grupo de *jazz*, y se me sobresalta el corazón al ver que las dos llevan el libro.

—Hola —dice la más alta, una chica blanca con trenzas rubias enrolladas en plan princesa Leia, mirando a todas partes con bastante inquietud—. Mmm… ¿Es el club de lectura?

—Claro que sí —dice la profesora Klein—. Sentaos.

Es un poco violento, pero poco a poco, para mi sorpresa, va llegando más gente: Dave, uno de audiovisuales pelirrojo, con la piel muy blanca y muchas pecas, y Lydia Jones, que es negra y trabaja en la revista de literatura. También se presenta Elisa Hernández, la capitana del equipo femenino de voleibol, que no mide mucho más de metro cincuenta, acompañada por otras dos del equipo.

—Dentro de poco tenéis un partido muy importante, ¿no? —pregunta la profesora Klein.

Elisa sonríe de oreja a oreja.

—El año pasamos fuimos campeonas del estado —explica, asintiendo—. Defendemos el título.

—¿En serio? —pregunto. Últimamente no es que esté muy al día de lo que pasa en el instituto, pero esto no me suena de nada. Pienso en que todo el mundo, yo incluida, va a animar a nuestro penoso equipo de fútbol americano, a pesar de que la temporada pasada ganaron solo dos partidos—. ¿Y no han montado ninguna fiesta para motivaros?

—¿Lo dices en serio? —pregunta Elisa, entre las risas de sus compañeras—. ¡Pero si la mayoría de las veces no nos ponen ni autobús para jugar fuera de casa!

Frunzo el ceño.

—Me parece lo peor.

Es como si desde que estoy atenta a las desigualdades las viera en todas partes, y me pasara el día clasificando cientos de injusticias, desde las más anecdóticas hasta las más graves. ¿Por qué no me había dado cuenta de ello antes?

—Parece un tema ideal para tu próximo artículo de opinión —dice la profesora Klein con intención, antes de meterse un *munchkin* en la boca.

Ahora que lo dice… Miro a Elisa con las cejas arqueadas.

—¿Quieres que te haga una entrevista? —le pregunto.

Ella sonríe.

Al final, la profesora Klein nos hace volver a *El cuento de la criada*. Como es la primera vez que voy a un club de lectura, me he descargado una lista de temas de debate de Internet y la he imprimido por si nadie dice nada y lo paso fatal, pero al final no hace falta: Lydia y Elisa hablan por los codos, y Dave, aunque parezca callado, hace que te tronches de la risa con su sentido del humor, tan irónico y negro que tardo un poco en darme cuenta de si ha hecho una broma. Estamos hablando de los parecidos entre la República de Gilead y los Estados Unidos actuales cuando alguien da unos golpes en la puerta abierta. Al levantar la vista, veo a Gray Kendall con su sudadera de los Bridgewater Lax y la mochila colgada de un hombro musculoso.

—Esto… —dice, mirando a todas partes con sus ojos oscuros—. Perdón por llegar tarde. ¿Es la reunión del club de lectura?

Me incorporo un poco.

—¿Por qué?

—Marin —me regaña suavemente la profesora Klein—. La tienes delante, Gray.

—Mola —dice él, y después de mirarme de manera un poco rara enseña un libro, una edición de bolsillo hecha polvo de *El cuento de la criada,* con un adhesivo naranja medio suelto en el lomo, señal de que es de segunda mano—. ¿Puedo…?

—Tú este libro no te lo has leído —me sale, sin poderme contener.

Sé que es de pésima educación, pero está claro que ha venido por alguna otra cosa. Durante un segundo de demencia me pregunto si lo ha enviado Jacob para molestarme.

—Pues… —Gray se ríe con la boca cerrada, sin perder el buen humor, aunque un poco incrédulo—. Sí que lo he leído.

Mi mirada se hace suspicaz.

—¿Entero?

—Sí.

Lo observo con escepticismo, intentando averiguar de qué va: uno del equipo de *lacrosse* que se presenta como una especie de caballo de Troya, haciéndose el interesado a la vez que intenta… ¿qué? ¿Infiltrarse en mi club de lectura? No tiene sentido.

Los demás nos miran en silencio. Dave carraspea.

—Vale, pues te puedes quedar —digo finalmente.

Gray sonríe, me hace un saludo con su vieja edición de bolsillo y cruza el círculo hacia un asiento vacío. La profesora Klein formula una pregunta sobre Offred y el Comandante, y a partir de ahí el debate se anima mucho. Yo pensaba que Gray intentaría dominar la conversación, pero me sorprende estando casi todo el rato callado. Al mirarlo de reojo lo veo un poco inclinado, escuchando a Elisa con el ceño fruncido. De hecho, está tan callado que poco antes del final la profesora Klein le hace una señal con la cabeza.

—No has dicho casi nada, Gray —observa amablemente—. ¿Nos ha faltado comentar algún punto del libro que te haya llamado la atención?

—Mmm… —Gray carraspea—. A ver, si soy honesto, reconozco que me ha dado mucho miedo. Estaba todo el rato con el corazón a cien. Casi me meo encima cuando paran en la pista el avión de la chica antes de despegar para Canadá.

Frunzo el ceño. Eso en el libro no sale, a menos que por alguna razón se me pasara por alto.

—¿Qué chica? —pregunto.

Lydia y Elisa lo miran con curiosidad.

—La protagonista —explica Gray, que por una vez no parece del todo cómodo con tanta atención femenina concentrada—. Sí, la que salía en *Mad Men*.

Ahí está.

—Ajá —respondo satisfecha—. Ya decía yo.

—Bueno —interviene la profesora Klein, disimulando a duras penas una sonrisa—, creo que por hoy ya está. Nos vemos aquí mismo la semana que viene. —Hemos decidido que leeremos sobre todo cuentos y ensayos para poder reunirnos más a menudo—. Si alguno quiere llevarse a casa lo que queda de *munchkins*, adelante.

Me guardo un par de los glaseados, y al salir al aparcamiento me llevo la sorpresa de ver a Gray dando vueltas delante del edificio. Se va parando cada pocos metros y mira algo, diría que su reloj, con mala cara.

—¿Todo bien? —pregunto en voz alta.

Asiente, avergonzado.

—El contador de pasos —explica, enseñándome la muñeca—. Es que no funciona.

Se me escapa la risa.

—¿En serio?

No sé qué tiene Gray que me da ganas de chincharlo.

—¿Qué tiene de malo un contador de pasos?

Me acerco, sacudiendo la cabeza.

—Bueno, si eres mi madre nada.

—¿Tu madre está en una forma física espectacular? —replica él.

—Si cuenta el zumba, rotundamente sí. —Señalo su muñeca con un gesto de la cabeza—. ¿Qué objetivo te pones?

—Veinte mil.

Levanto las cejas y muevo los hombros para quitarme el chaquetón.

—¿Cada día?

Él encoge los suyos.

—Tampoco es tanto.

—No hace falta que te hagas el modesto con tu recuento de pasos —digo, sonriendo—. Me impresiona relativamente.

—No, ya —dice Gray, correspondiendo a mi sonrisa.

No sé decir si está flirteando, pero sé que aunque lo estuviera no querría decir nada. Tiene fama de tontear con todas.

—¿Bueno, qué, piensas decirme para qué has ido de verdad? —pregunto sin poder aguantarme, señalando el edificio con la cabeza—. Me refiero al club de lectura.

Hace una mueca.

—Por las solicitudes de ingreso en la universidad —reconoce—. Tengo que meter más caña con las extracurriculares. —Ladea la cabeza—. Aunque también he ido a apoyarte, me pareció que le pusiste huevos al discutir con el señor Beckett. Bueno… —Frunce el ceño—. Igual no está bien dicho lo de los huevos.

—No, qué va, está muy bien.

—Quería decir que fuiste valiente.

Vuelvo a sonreír, esta vez más despacio y sin ánimo de burla.

—Perdona que me haya puesto tan borde —le digo.

—Qué va, tranquila, si lo entiendo —contesta él.

Lo más raro es que parece que igual sí que lo entiende. Me acuerdo de lo serio que se quedó cuando Jacob hizo ese chiste tan tonto en la fiesta de Emily, y de que nunca acaba de mezclarse con el resto del equipo de *lacrosse*. Por unos momentos me pregunto si Gray Kendall da más de sí de lo que me pensaba.

Me suena el móvil dentro de la mochila —un trino corto y simpático, señal de que es mi madre—, pero al querer sacarlo se me atasca otra vez la cremallera medio rota del bolsillo de abajo. Suelto un taco en voz baja y empiezo a tirar, sin que sirva de nada.

—Se me ha atascado —explico un poco cortada—. Será cuestión de comprarme otra.

Gray sacude la cabeza.

—¿Tienes bálsamo labial? Bueno, da igual, ya tengo yo.

—Se saca un tubo del bolsillo trasero de los pantalones, quita el tapón con los dientes y pasa la barra por la cremallera hasta que se abre sin problemas—. Ya está —dice con el hoyuelo marcado, devolviéndome la mochila—. Como nueva, ¿no?

—Sí —contesto sin poder aguantarme una sonrisa—, como nueva.

TRECE

—Ah, hola, Marin —dice el padre de Chloe detrás del mostrador, sonriendo mucho, cuando entro en Niko's esa noche—. He leído tu editorial. Muy bueno.

Yo también sonrío con los ojos medio en blanco.

—Gracias.

—Lo digo en serio —insiste él amablemente.

Siempre me ha caído bien Steve, con sus cejas tan gruesas, su barriga cervecera y los chistes malos de padre que suelta todo el día.

—Dales caña.

—Dios mío —dice Chloe al ir a la cocina, rozándome la espalda—. Papá, ¿por hoy te podrías ahorrar los comentarios feministas?

Steve la ve irse con el ceño fruncido mientras se acaricia la tupida barba. Yo me limito a encogerme de hombros.

Doy alcance a Chloe en el puesto de camareros, donde está atándose el delantal.

—Hola. —Sonrío con un poco de vergüenza—. Hoy casi no te he visto. ¿Todo bien?

—Sí, perfecto —dice enseguida Chloe, que también se apresura a sonreír—. Es que ha habido un montón de trabajo.

Noto que se me tuercen los labios. Nunca había pasado tan poco tiempo con Chloe como esta última semana.

—¿Seguro?

—Segurísimo —afirma—. ¿Qué, cómo ha ido tu club de lectura?

—¡Bien! —contesto, sorprendida al notar que lo he dicho en serio, y procedo a describir la reunión con pelos y señales.

No me doy cuenta de que no me escucha hasta que expongo nuestro plan de hacer camisetas de *Nolite te bastardes carborundorum* para el día sin uniforme de la semana siguiente.

—Deberías plantearte venir —remato con poca convicción—. Chloe, ¿qué pasa?

Suspira.

—Mira —contesta—, seguro que te parece que lo digo con mala leche, y no es mi intención, en serio, pero... es que últimamente te noto muy cambiada. ¿Dónde está la Marin de antes? ¿Marin, mi mejor amiga, tan graciosa y enrollada? —Levanta las manos y mira hacia el comedor por encima del hombro—. Ya sé que te han pasado... cosas... —dice con tono insinuante—, pero yo creía que lo superarías. Y no. Lo único que haces es en plan..., no sé, regodearte.

Parpadeo.

—¿En qué me regodeo si se puede saber?

—No te enfades —dice Chloe—. Solo lo...

—¡Chicas! —nos llama el vozarrón de Steve detrás del mostrador—. Las mesas, por favor.

Durante el resto de la noche no hablamos. Orbitamos la una alrededor de la otra como dos lunas rivales. Sí, es verdad que me han pasado «cosas», me digo con un punto de amargura, y es obvio que las he superado. No se lo he contado a nadie. Sigo haciendo lo mismo que antes, pero también lo enfoco todo de manera un poco distinta. ¿Qué tiene de malo?

A las nueve y media ya no puedo más, y al final decido que es absurdo. ¿Que dónde está Marin? Pues aquí. Llevo la cuenta a mi última mesa, dos hombres de mediana edad que estoy casi segura de que celebraban su aniversario. Soy yo. Y ella es Chloe. A ver si de camino a casa le apetece un Starbucks. Escucharemos el nuevo disco de Sia en Spotify y hablaremos de todo.

Guardo el delantal, y al salir al aparcamiento miro un buen rato a todas partes hasta que frunzo el ceño. Desde que se sacó el carné el verano pasado, Chloe no ha dejado de llevarme en coche a casa ni una vez, pero ahora no veo su cuatro por cuatro, un Jeep marrón que en la luna trasera lleva una pegatina de un perezoso como de dibujos animados.

Saco el móvil de la mochila y le mando un mensaje: «¿Te has ido?».

Tarda medio minuto en contestar: «¡AY, LO SIENTO MUCHO! Le he pedido a mi padre que te avisara, pero se le habrá olvidado. Es que le he dicho a Kyra que iría a verla porque tiene problemas con el novio. ¿¿¿Te puede llevar alguien???».

Si pienso demasiado en las probabilidades de que Chloe me haya dejado plantada, de verdad, por la sosa de su prima Kyra, igual pierdo los papeles, así que me siento en un banco, fuera del restaurante, y sopeso mis opciones para volver a casa. Caminando queda demasiado lejos. Mis padres están en un acto benéfico que organiza cada año el profesor de ajedrez de Grace en Burlington. A Jacob no lo llamo ni en broma. Voy pasando los contactos en busca de algún amigo con quien no me haya distanciado últimamente, y que también tenga acceso a un coche. No hay nada como estar sola un viernes por la noche en el aparcamiento de un centro comercial, delante de un restaurante griego, para que aparezca en toda su crudeza tu situación vital.

Justo cuando voy a entrar y apelar a la clemencia de Steve, tengo una idea. Me muerdo el labio y voy pasando los contactos hasta encontrar el nombre de Gray. Ha guardado él mismo su teléfono después de la reunión de hoy del club de lectura, luego se ha mandado un mensaje para tener el mío: «Por si necesito ayuda con las palabrejas», me ha explicado al devolverme el móvil con una reverencia.

Le mando yo ahora uno, antes de poder disuadirme a mí misma: «Hola, ¿estás ocupado?».

Se presenta en un cuarto de hora, en un Toyota de hace diez años, con un perro de esos que mueven la cabeza colgado del salpicadero, y aparca al lado de la acera de enfrente del restaurante.

—¿Ha pedido alguien un Uber? —pregunta cuando subo.

—Hola —digo con una sonrisa de agradecimiento—. Gracias. Ahora mismo eres mi salvación.

—Sin problema. —Su coche huele a caramelos Altoids de canela y un poco a bolsa de deporte. Tiene el móvil al revés dentro del portavasos, con Kendrick Lamar sonando flojo por el altavoz del propio teléfono—. Es que no tengo Bluetooth —explica un poco avergonzado.

—Voy a tener que quitarte una estrella —le digo en broma mientras aparto media docena de botellas vacías de Pepsi y dejo la mochila en el suelo, entre mis pies—. No, en serio, gracias. No pensaba que vendrías.

—¿Por lo solicitado que estoy?

Hago una mueca.

—Bueno, ahora mismo, más que yo seguro.

No hace ningún comentario.

—Estaba con unos amigos —reconoce mientras mira por encima del hombro antes de salir a la carretera—, pero bueno, ya me cansaban.

—Sí, ¿eh?

—Sí —contesta tan tranquilo—. Mira, Marin, si quieres que te diga la verdad, le he estado dando vueltas a que necesito un cambio.

Se nota que es teatro, pero sonrío igualmente y apoyo la cabeza en el respaldo.

—Pues ya somos dos.

—Bueno, ¿adónde tengo que ir? —pregunta.

—¡Es verdad! —Me río y le doy mi dirección—. Déjame en la esquina de Oak, así te ahorras la rotonda. Desde ahí puedo ir a pie.

—¿Cómo va a hacer eso un conductor de Uber? —pregunta, sonriendo—. Oye, ¿tienes hambre?

Me acabo de zampar literalmente media bandeja de *spanakopita*, pero…

—¿Y tú?

—Hombre, tengo diecisiete años —contesta, sonriendo con la mitad de la boca—. Hambre tengo siempre, literalmente.

Paramos en el Executive Diner de la carretera 4. Una

camarera muy seria nos lleva a una de las mesas de la ventana. Yo me pido un batido de mantequilla de cacahuete, y a Gray le traen una hamburguesa de queso con aros de cebolla y aparte unas tortitas con trocitos de chocolate.

—Nunca había venido aquí de noche, la verdad —dice, mirando las mesas de formica con desconchados y a la clientela de medio pelo de la barra, compuesta por unos pocos hombres de mediana edad.

—¿Ah, no? —pregunto arrugando la nariz por encima del batido—. ¿Estás demasiado ocupado invitando a cenar a todo lujo a las señoritas del Bridgewater?

—O escribiendo artículos de opinión feministas —replica sonriendo.

—O haciendo que te expulsen de colegios pijos por degenerado.

Lo he dicho para picarlo, pero se sobresalta un poco.

—¿Es mi caso? —pregunta, levantando las oscuras cejas.

—Sí, ¿no? —contesto—. Bueno, a mí me han dicho… —No acabo la frase—. Mierda. Perdona, es que soy medio imbécil.

—No, qué va, tranquila. —Sonríe y moja un aro de cebolla en una mezcla de kétchup, mayonesa y salsa picante que se ha preparado él mismo—. No sé de dónde sale el rumor. Vaya, que no es que no me guste montar fiestas, pero no fue eso por lo que me expulsaron.

—Pues entonces, ¿qué pasó? —En vez de mirarlo, remuevo el batido con una cuchara larga de metal—. Bueno, no tienes ninguna obligación de decírmelo, obviamente.

—No, si no pasa nada. —Se encoge de hombros—. Era demasiado tonto.

Levanto de golpe la cabeza.

—Tú no eres tonto —digo enseguida.

Él hace un gesto con la mano.

—Bueno, tonto no, claro, pero… es que tengo TDAH, entre otras cosas, y no cumplía los requisitos académicos tan rigurosos de Hartley.

Arrugo el entrecejo.

—¿Y no están obligados a darte atención especial? —pregunto—. Es un trastorno del aprendizaje, ¿no?

—Bueno, sí, eso sí —responde Gray—, aunque también tienes que…, pues que hacer de vez en cuando los deberes.

—Ah —digo, notando que se me relaja la cara y que sonrío—. Ya. Sí, me doy cuenta de que forma parte del trato.

—Ya ves. En fin… —sigue diciendo Gray—. Que la gente piensa lo que quiere, o sea, que… los dejo. La verdad es que queda más interesante.

—¿Pero nunca te entran ganas de aclararlo?

Hundo mi tenedor en su salsa de kétchup y la pruebo con cautela. No está mal.

Se encoge de hombros.

—Sí, a veces sí —dice—, cuando me importa la opinión de la persona, pero en general lo que pienso es que faltan pocos meses, y total, a mí qué más me da…

—Es una manera de verlo —digo despacio—. El año que viene ¿adónde irás? ¿Lo sabes?

Suelta un gemido y hace como si volcara el plato de tortitas y se escondiera debajo de la mesa, pero está a punto de dejar caer la Pepsi de verdad. En el último momento, para el vaso grande de plástico con una mano. Hay que reconocer que tiene unos reflejos impresionantes.

—Uy, uy, uy… —digo entre risas—. Perdona. ¿Es un tema delicado?

Se pasa una mano por la cara, suspirando.

—¿Sabes qué pasa? Que mis madres son las dos abogadas. Bueno, no, peor: una es abogada y la otra profesora de Derecho. Estudiaron las dos en St. Lawrence y quieren que yo también vaya y juegue a *lacrosse*, porque, como cada año donan un pastón, viene a ser el único sitio donde tengo garantizado poder entrar, aunque sea idiota.

—Para de decirlo. —Antes de haberme dado cuenta del todo de que voy a darle una patada por debajo de la mesa, se la doy—. No eres idiota. Tú ¿qué quieres hacer?

—Pintar —suelta de golpe, con una seriedad desgarradora, hasta que al cabo de un momento sonríe en plan bobo—. No, es broma. Si quieres que te diga la verdad, por mí ni iría. El año pasado tuve que trabajar de voluntario en Fall River en un programa de servicio a la comunidad… Vale, no te voy a decir que sea mentira todo lo que te han contado de mis fiestas…

—¿Detergente? —pregunto con las cejas arqueadas.

—¡Yo no le dije a nadie que comiera detergente! —exclama con tono de indignación—. Dios, que el TDAH lo tengo yo, y ni a mí se me ocurre comer jabón.

Resoplo por la nariz.

—Vale.

—Pero bueno, el caso es que tenía que ir tres veces por semana y jugar con unos niños pequeños. Al principio era un rollo total, pero la verdad es que me acabó gustando mucho, y sigo yendo, aunque ya acabé todas las horas. Supongo que ellos también estarán contentos conmigo, porque me han ofrecido trabajo a tiempo completo para cuando me haya graduado, si quiero.

—Es genial —digo, sin poder evitar imaginármelo, y fracaso estrepitosamente en el intento de que no me parezca encantador—. Pero tus padres…, bueno, tus madres, quiero decir…, ¿no lo ven bien?

Gray hace una mueca.

—Qué va. ¿No ir a la universidad? Para ellas sería como si me prostituyera para comprar droga. O como si entrase a trabajar para el Gobierno.

Se acaba su festín de hamburguesa y tortitas, más un trozo de tarta de queso poco prometedor de la vitrina giratoria de al lado de la caja. Al salir chocamos con los hombros. Es de noche y hace un frío que pela.

—¿Te puedo hacer una pregunta de mala educación? —digo mientras cruzamos el aparcamiento—. Si tan malas son tus notas, ¿qué haces en inglés preuniversitario?

Suelta un bufido.

—Era lo único del bloque de lengua y humanidades que me encajaba en el horario —explica al pulsar el botón que desbloquea las puertas del Toyota—. Han hecho una excepción para que pueda jugar a *lacrosse*. Que por cierto… —Lo siguiente que dice deja claro que ha visto mi expresión con la luz del letrero luminoso—, me imagino que será el mismo trato especial que recibe el equipo femenino de voleibol para no disponer de autobús.

—Oye, un momento… —empiezo a decir, acordándome de que cuando hemos empezado a hablar sobre eso él ni siquiera estaba.

—Antes de entrar me he quedado un momento al lado de la puerta —explica—. Estaba nervioso.

Me pongo de copiloto, sonriendo por sus palabras.

—Lo que pasa es que el sistema es una mierda. En todo

caso, me alegro de que estés conmigo en esa asignatura. Y de que hayas venido al club de lectura también.

—Ya, yo igual.

El resto del trayecto hasta mi casa lo hacemos casi sin hablar. Solo se oye el sonido metálico del altavoz del iPhone de Gray y el ruido un poco revolucionado del motor del Toyota.

—Pues eso, gracias —digo cuando frenamos delante de mi casa—. Me has salvado la vida.

—No, qué va —responde él—. Hasta el lunes.

—Hasta el lunes —repito, recogiendo mi mochila.

Ya tengo la mano en la puerta cuando me toca el brazo.

—Oye, Marin, por cierto… —Carraspea como si volviera a estar un poco nervioso—. Me… me gustó mucho tu artículo.

Me río en voz alta, con una extraña mezcla de sorpresa y alegría, pero es como si la risa aflojase algo en mi interior, porque de repente noto como ganas de llorar.

Respiro hondo y le sonrío en la luz verde del salpicadero.

—Gracias.

CATORCE

El sábado por la noche estoy en pijama delante de mi escritorio, intentando que no se me cierren los ojos de aburrimiento mientras hago avanzar por la pantalla una guía de lectura de SparkNotes muy antigua sobre el simbolismo en «El nadador». Al final Chloe pasa el fin de semana con Kyra, así que en vez de ir al Starbucks, o de dar una vuelta en coche mientras cantamos su más reciente obra maestra en Spotify, que es lo que habríamos hecho normalmente, tengo puesto a Sam Smith, retoco mi trabajo del relato corto para la asignatura de Bex y —sí, lo reconozco— pienso en Gray. No busco nuevo novio, obviamente, pero, en fin, me gustó hablar con él. Me gustó la sensación de que le interesara lo que yo tenía que decir.

De momento en el trabajo no avanzo nada. Por un lado tengo ganas de mandar a Bex a la mierda, ir a mi aire y escribirlo sobre el capítulo de *Mala feminista* que habla de *Los juegos del hambre*, pero ¿de qué me serviría? Al final acabaría siendo yo la perjudicada.

Grace da unos golpes en la puerta abierta.

—¿Me haces lo de la plancha de pelo? —pregunta, levantándola y moviéndola en círculo, como demostración.

—Claro —contesto, y noto que se me levantan las cejas sin querer. Lleva vaqueros ajustados, una camiseta corta que no estoy del todo segura de que le deje llevar mamá fuera de casa, porque se le ve el ombligo, y unos botines de cuña que son sin duda míos—. ¿Y tus gafas? —pregunto, y, en vez de pedirle cuentas por el robo, opto por levantarme y acercar la silla con ruedas al espejo de cuerpo entero que hay dentro de la puerta de mi armario.

Encoge los hombros, imprimiéndoles una pequeña sacudida.

—No me hacen falta.

Pensamiento mágico donde los haya.

—Gracie —digo e intento no reírme—, sin gafas estás básicamente ciega. Chocarás con las paredes en plan Mr. Magoo.

Se deja caer en la silla y mira hacia el pasillo con un suspiro fuerte.

—Si mamá me dejara ponerme lentillas, no sería un problema.

—¿Por qué es un problema? —pregunto, frunciendo un poco el entrecejo mientras me agacho para enchufar la plancha de pelo en la pared—. ¿Adónde vas, para empezar?

—No, nada, al cine con unos de mi clase.

—Unos —repito al apartarme el pelo de la cara, adivinando que hay gato encerrado—. ¿Alguien en especial?

Gracie está a punto de rozar la alfombra con el pelo castaño al echar la cabeza para atrás.

—Bueno, hay un chico —reconoce de mala gana—, pero no es nada serio.

—¡Anda! —Le recojo el pelo con las dos manos y se lo desenredo, apostando por la táctica de no demostrar curiosidad como manera de que siga hablando—. ¿Me pasas la pinza?

He acertado.

—Se llama Louis —añade al dármela. Le divido en pelo en varias partes mientras va calentándose la plancha—. Es que es tan mono… En clase de español, cuando hablamos, creo que le gusto, porque siempre se ríe de mis bromas y todo eso, pero está muy solicitado. —Hace una mueca en el espejo, a menos que solo fuerce la vista para verse—. Y claro, con las gafas y lo del ajedrez…

—¡Pero si a ti te encanta el ajedrez! —me sale sin poder evitarlo—. Y se te da increíble, o sea, que…

—¡La cuestión no es esa! —me interrumpe Grace—. Las otras niñas de mi clase… —Se le apaga la voz—. Tienen tetas, y una se ha puesto extensiones en las pestañas. En cambio yo aún parezco una niña pequeña.

«Porque lo eres», pienso enseguida, aunque al menos tengo la prudencia de no decirlo en voz alta. Miro a Gracie en el espejo, con la piel tan blanca, las cejas rectas y la cicatriz en la comisura de la boca de cuando se cayó del monopatín a los siete años. Tengo ganas de decirle que la primera de mi clase a quien le salieron tetas fue Opal Cosare, y que los chicos no la dejaban vivir. Tengo ganas de decirle que hacerse mayor no es para tanto, pero no quiero asustarla.

Me quedo un momento callada mientras cierro la plancha alrededor de su pelo y se lo estiro suavemente. Me enseñó el truco Chloe, pienso con una pequeña punzada detrás de las costillas. Me lo hizo a mí, con paciencia, hasta que aprendí a hacerlo sola.

—Además, quien no piense que estás preciosa con gafas no vale la pena —digo finalmente, con un giro de muñeca para que me salga un ondulado perfecto de bloguera de moda.

—Tú qué vas a decir —replica con los ojos en blanco—. Es lo típico que dicen las hermanas mayores. Ahora solo falta que me digas que soy perfecta tal como soy.

—En serio, es que eres perfecta tal como eres —le digo—, aunque no lo creas, a mí en segundo de la ESO me pasó justo lo mismo. ¿Te acuerdas de cuando le supliqué a mamá que me dejara hacerme un *piercing* en el ombligo justo antes de la fiesta en la piscina de Tamar Harris?

—Dios mío, se me había olvidado —exclama ella sonriendo con cara de lela—. Estabas todo el rato amenazando con hacértelo tú misma con una aguja de coser.

—Ni siquiera sé si hay alguna aguja en esta casa —digo riéndome—. ¿Cuánto hace que no ves coser a mamá? En fin, que entonces lo del *piercing* me parecía la llave de mi vida de adolescente glamurosa, o lo que sea, ya ni me acuerdo.

El recuerdo de los preparativos de esa fiesta me provoca una especie de vergüenza visceral —la niña que buscaba por todas partes el bikini perfecto y que intentó dibujarse una tableta en la barriga con maquillaje por ganas de demostrar lo enrollada, graciosa y sexi que era en la ESO—, sin embargo, al mismo tiempo, tengo ganas de retroceder en el tiempo y protegerla.

—Bueno, oye —digo mientras le giro la cabeza para llegar al pelo de detrás de la oreja—, si ya no quieres llevar gafas porque personalmente te ves mejor sin ellas, te ayudaré a explicárselo a mamá de cara a este verano. Aunque si solo es para impresionar a Louis, o a cualquier otro, te aseguro que cayéndote por la escalera del multicine Alewife no conseguirás el tipo de atención que buscas.

—Supongo que no —rezonga, aunque se nota que no está convencida.

Se gira a mirarme.

—Por cierto, tu artículo me ha parecido realmente bueno —suelta de repente—. No sé si ya te lo había dicho.

—¿En serio? —La miro en el espejo, sorprendida—. ¿Y dónde lo has leído?

—Mi amiga McKenna tenía la revista —explica—. Su hermana va a tu instituto.

—Ah. —Asiento con la cabeza—. Mola. Gracias, Gracie.

Lo pienso un momento, mientras voy moviendo la plancha para disimular que sonrío. En honor a la verdad, sé que es muy poco probable que mi club de lectura feminista y mis editoriales en la revista del instituto cambien gran cosa en el mundo. Pero si para mi hermana cambia algo, ya me doy por satisfecha.

—Prométeme que esta noche te pondrás las gafas —le pido al sacarle la pinza del pelo y guardármela en el bolsillo de la sudadera, para que no se me pierda—. Aunque solo sea para no tener que ir a verte a urgencias en vez de acabar este trabajo.

—Mmm —dice ella sin comprometerse, y se le va la mirada borrosa hacia el portátil abierto encima de mi mesa.

No dice nada, pero veo que lo piensa un momento, sopesando el precio de todo lo que he hecho últimamente. Sin novio. Sin planes para un sábado por la noche. No me extrañaría que me dijera que me ocupe de mis cosas, más allá de lo que pueda ser típico de una hermana mayor.

—Vale —dice finalmente—, me las pondré.

Esta vez no me molesto en disimular mi sonrisa.

—Genial —le digo satisfecha—. Ahora para de moverte y deja que acabe con el pelo.

QUINCE

El lunes dejo mi trabajo sobre «El nadador» en la mesa de Bex y no digo nada en lo que queda de clase, mientras los demás debaten sobre los puntos de vista de los personajes en *Mientras agonizo*, que teníamos que acabar de leer este fin de semana. Antes me pasaba toda la mañana con ganas de que llegara la hora de Inglés, pero desde hace unas semanas es como si aguantara la respiración durante toda la clase, con ganas de estar en otro sitio.

Hoy tengo la sensación de haberme vuelto invisible de verdad, hasta que justo antes del final se cruzan mi mirada y la de Bex.

—Marin —dice—, hoy no has dicho gran cosa. ¿Tienes alguna idea que exponer sobre nuestro viejo amigo Billy Faulkner?

—Mmm. —Trago saliva, y mi corazón se pone a dar brincos como un ratón por un zócalo. No me gusta esta versión de mí. No la reconozco—. Nop —respondo, carraspeando un poco—, creo que no.

—¿En serio? —Bex levanta las cejas de sorpresa, real o fingida—. ¿No tienes nada que añadir?

Sacudo la cabeza. Hace un mes me habría desvivido por encontrar algo ingenioso, inteligente, impactante. Esta mañana no tengo fuerzas ni para intentarlo.

—Creo que ya se han tocado todos los temas. —Es lo máximo que me sale.

Esperaba que me dejara en paz —Bex nunca ha sido de esos profesores interesados en poner a nadie en evidencia para demostrar que tienen razón—, pero me sigue mirando fijamente.

—¿Es que no te lo has leído o qué? —pregunta.

—¿Cómo? —Noto que lo he dicho con un poco de agresividad—. Pues claro que me lo he leído.

—Vale. —Bex se encoge de hombros—. ¿Pues entonces?

—Pues entonces nada —replico. No sé a qué juega, pero de golpe se me acaba la paciencia—. Lo único que digo es que es difícil entusiasmarse con los temas literarios de un libro donde uno de los personajes femeninos se muere en las primeras veinte páginas, y el otro se pasa el resto del libro intentando abortar mientras se aprovechan de ella unos tíos repugnantes.

La clase se queda tan callada que oigo mi propio corazón, hasta que de repente estalla un coro de risas y de «oohs». Chloe se gira a mirarme con los ojos muy abiertos y cara de *shock*. Gray levanta la cabeza, encantado, y asiente con un gesto irónico.

El único impasible es Bex, y por eso me doy cuenta de que me he pasado. Vale que en su clase siempre hemos hecho bromas y nos hemos reído de los libros que leíamos y sus autores, pero esto...

Esto es otra cosa.

Abro la boca para disculparme, pero me hace callar con la mano.

—¿Ves? —Es lo único que comenta, sin alterarse lo más mínimo—. Ya sabía yo que tenías algo que decir.

Señala la puerta con la cabeza mientras suena el timbre.

—Se ha acabado la clase.

El sábado a primera hora tengo la entrevista de Brown. Me levanto cuando se está arrastrando el alba por el horizonte, azul y gris, y estoy casi una hora obsesionada con la ropa. ¿Ponerme un vestido queda poco serio? ¿No ponérmelo envía algún otro mensaje? Al final, me decido por unos pantalones negros ajustados, una blusa azul de encaje y un cárdigan crudo de mi madre. Añado una pulsera de la suerte que era de mi abuela, recupero mis botines de cuña de la habitación de Gracie y al bajar me encuentro a mis padres tomando café en la mesa de la cocina.

—Estás guapa a rabiar —me dice mi madre con un gesto de aprobación.

—«Aunque pequeña, es de temer» —dice mi padre, levantando la taza como si brindase—. Es de Shakespeare, por si quieres usarlo en la entrevista. Para que vean lo inteligente que eres, ya me entiendes. Diles que te viene de tu anciano padre.

—Tan pequeña ya no es —le recuerda mi madre con cariño, poniendo los ojos en blanco. Luego vuelve a girarse hacia mí—: ¿Preparada?

Vacilo un momento mientras se me acumula toda la incertidumbre de las últimas semanas, levantándose como una ola.

—Bueno, a ver —respondo, no del todo en broma—, a la Ivy League tampoco es imprescindible que vaya, ¿no?

—Venga, fuera —dice mi padre, a la vez que me abraza con su mano libre y me da un beso en la coronilla—. Ahora ya no te puedes echar atrás.

Después de poner el resto de su café en un termo, mi madre me hace salir al garaje y enciende los calentadores de los dos asientos. Teóricamente podría ir yo sola, porque hasta Providence solo hay tres cuartos de hora, pero me alegro de que me acompañe. Con la cabeza apoyada en el respaldo, veo los árboles desnudos por la ventanilla y oigo el rumor de la emisora universitaria de Boston que le gusta escuchar a mi madre.

Salimos de la autopista para entrar en Providence. Pasamos por el centro comercial, el río y Thayer Street, con sus elegantes tiendecitas y restaurantes.

—Me buscaré un Starbucks para leer —dice mi madre, después de encontrar un hueco cerca del campus e inclinarse sobre el cambio de marchas para darme un abrazo con olor a lavanda—. Cuando acabes, mándame un mensaje.

Se echa otra vez para atrás y se me queda mirando, mientras me mete un mechón por detrás de la oreja. Luego sonríe.

—¿Estás nerviosa? —pregunta.

—Qué va —miento.

—Mmm. Sé tú misma. —Se nota que no la engaño. Se acerca para darme otro abrazo—. Si son listos, les encantarás.

Al cerrar la puerta se me escapa una sonrisa. Es exactamente lo que le dije la otra noche a Grace, ¿no? «Sé tú misma.» Aunque últimamente no estoy muy segura ni de cómo soy.

Como aún falta un poco para la cita con el entrevistador, doy una vuelta por el campus, que está lleno de gente —sí que encuentro el Auditorio Beckett, y me da un pequeño vuelco el estómago—, luego me siento a esperar en los escalones del centro de estudiantes. Veo a una chica con un pañuelo en el pelo y una funda de guitarra en la espalda; a un chico blanco, con cara de tonto y un ridículo bigote inglés hípster, y a dos chicas guapas, morenas, que comparten un dónut de té verde, llevan guantes y se dan la mano. Lo mejor es que nadie me mira con ningún interés particular, como si aquí pudiera ser como quisiese.

Mi entrevistadora se llama Kalina y es exalumna de Brown; se graduó hace pocos años, pero se ha quedado en el campus, trabajando en la oficina de admisiones. Es alta, esbelta, morena de pelo y con unas rastas que le cuelgan por la espalda. Nos sentamos en el bar del campus y me pregunta por mis clases, mis asignaturas extracurriculares y los proyectos que más me han interesado.

—He leído el texto que enviaste —dice entre dos sorbos de *latte*.

Lleva una blusa de seda naranja chillón y unos pantalones de lana anchos. Enseguida me entran ganas de ser idéntica a ella cuando sea mayor.

—«Reglas para ser una chica». Reconozco que me gustó mucho.

Sonrío y bajo la cabeza, satisfecha, pero intentando no parecer creída; cosa que si fuera chico, pienso de repente, es muy posible que no me preocupara. Hago el esfuerzo de volver a levantar la vista y mirarla a los ojos.

—Gracias. —Casi no me tiembla la voz—. Me esforcé mucho.

Kalina asiente.

—Se notaba. ¿Qué te hizo escribir algo así?

Titubeo. «Pues que mi profesor de inglés me besó en su casa» no parece una anécdota muy apropiada para una entrevista de ingreso en la universidad. De hecho, tampoco fue lo que me impulsó a escribirlo.

—Es que da la impresión de que en muchas cosas hay un doble rasero para chicos y chicas —explico finalmente, rodeando la taza de café con las dos manos—. En la vida, me refiero, pero sobre todo en el instituto. Desde que me di cuenta, ha sido como si ya no pudiera parar. Por otro lado, me parece que antes de poder hacer algo, de empezar a cambiarlo, vaya, por lo menos hay que denunciarlo.

Kalina asiente y escribe algo en su cuaderno Moleskine. Me pregunta qué me veo haciendo después de la universidad —le explico que periodismo, aunque sé que es difícil ganarse la vida—, y acabamos hablando de lo que es vivir en Providence y de si llegará a nevar, como aseguran las previsiones.

—Espero que no —confiesa ella con una mueca—. Soy de Texas, y antes de mudarme aquí ni siquiera tenía botas de nieve. Aún no me he acostumbrado del todo a los inviernos de Nueva Inglaterra.

—¿Te costó adaptarte? —pregunto.

—Está claro que al principio tenía nostalgia —dice Kalina, y se apoya en el respaldo como si se lo pensara—. Encima este campus es bastante blanco, la verdad. Ha mejorado desde que estudiaba, pero todavía falta mucho.

Pienso en los estudiantes que he visto fuera. Lo cierto es que me ha parecido ver mucha más diversidad que en mi instituto. Me sobresalto al darme cuenta de lo poco que he pensado sobre el tema. Comprendo que, de la misma manera que la mayoría de los chicos no son conscientes de lo que significa ser chica, está claro que yo no he pensado bastante en lo que significa ser negro, o moreno, o hablar otro idioma, o ser de otro sitio.

—Ya, me doy cuenta.

Kalina asiente con la cabeza.

—Bueno, pues nada, creo que ya te lo he preguntado todo —anuncia, cerrando el cuaderno con una gran sonrisa—. Toma, mi tarjeta, por si me necesitas para algo. Te deseo suerte, pero si quieres que te sea sincera, Marin, con tus notas y tus extracurriculares dudo que la necesites.

—¿En serio? —No puedo disimular mi emoción, como una boba—. ¿Tú crees?

—En serio —contesta y me estrecha la mano a modo de promesa.

DIECISÉIS

Al día siguiente voy a Sunrise a ver a la abuela. Cuando llamo a la puerta de su *suite,* me la encuentro haciendo el crucigrama del *Boston Globe* y dándose pensativa golpecitos con el bolígrafo en los labios pintados.

—Barritas de granola —la informo mientras dejo el táper en la mesita de la zona de estar—. Las ha hecho Gracie.

Levanta las cejas.

—Suena sano —comenta, cosa que no anuncia nada bueno.

—Llevan trocitos de chocolate. —Me siento a su lado en el estrecho sofá de dos plazas, aspirando su olor característico a pomelo y flores tropicales—. Casi no se nota el gusto a chía.

La abuela hace una mueca.

—Toma, ayúdame —pide, dándome el periódico. Se recuesta en los cojines—. Sobre cultura popular no sé nada.

Al echar un vistazo, me sorprende ver que casi está acabado.

—Pues parece que no te he hecho mucha falta.

Le quita importancia con un gesto de la mano.

—El crucigrama del *Globe* es fácil —alega, aunque un poco satisfecha de sí misma sí que está; se nota—. Dicen que ayuda a mantener las facultades mentales, aunque para lo que me va a servir a mí…

—¡Sí que te servirá! —contesto con una sonrisa un poco incómoda.

Nunca sé muy bien cómo reaccionar cuando la abuela hace alguna referencia a que está enferma. El caso es que el alzhéimer es progresivo. Mejor nunca va a estar, ni va a salir de Sunrise, ni a regresar a su casa. Mi madre siempre dice que lo que hay que hacer es disfrutar de ella mientras aún la tenemos. Me recuerdo que es precisamente lo que he venido a hacer.

Abro el táper de las barritas —la abuela tiene razón: un poco sano sí que saben— y saco la jarra de té helado de la nevera. Mientras acabamos el crucigrama, le explico mi entrevista para Brown.

—Me vino a decir que entro seguro —concluyo con una sonrisa.

—Pues claro que vas a entrar —dice la abuela, levantando el vaso de té helado en un brindis—. De ti, es lo mínimo que espero, chica.

—A ti ¿cómo te fue en la universidad? —pregunto, acordándome de cuando me explicó que a mi edad no era tan buena chica—. ¿En serio que la armabas gorda?

—Algo hice. —Me lanza una mirada por encima de las gafas—. En Boston, una vez, me detuvieron por manifestarme contra la guerra de Vietnam.

—¿Qué? —Me quedo boquiabierta—. ¡No me lo creo!

—¿Por qué te cuesta tanto? —Ahora la abuela se muestra abiertamente complacida, con un brillo sagaz en sus ojos azules—. Bueno, a tu abuelo le juré que no se lo diría nunca a nadie. Creo que no lo sabe ni tu madre.

—No, yo creo que tampoco. —Intento imaginármelo: la abuela con sus pendientes de perlas y sus pantalones tan serios de la diseñadora Eileen Fisher—. Vaya, que eras tremenda.

—Bueno… —Parte una barrita de granola por la mitad—. Supongo, pero entonces no me lo parecía. Lo consideraba una necesidad. Tenía que hacer todo lo que pudiera para resolver las injusticias.

—¿También quemaste tu sujetador?

Me río. Ella arquea las cejas.

Me tapo la boca.

—¡Abuela!

—Bueno, es que eran los sesenta —se defiende, encogiendo los hombros y moviendo la mano—. Sujetador, para empezar, no llevaba nadie.

Vuelvo a reírme.

—¿Me quieres contar algo más de la vida secreta que escondes desde hace como… diecisiete años?

Se lo piensa un poco.

—A ver… Mis primeras manifestaciones fueron en la época del movimiento por los derechos civiles —me explica—. Fui a Washington para oír el discurso del doctor King, con mi grupo de la iglesia, bueno, eso ya lo sabes.

—Te aseguro que no lo sabía, abuela.

La miro ojiplática.

—Pues ya ves —dice ella, limpiándose las migas del regazo—. Supongo que siempre he tenido la impresión de que podría haber hecho algo más. Bueno, no es una impresión, es la verdad; por eso nunca me ha parecido bien ir presumiendo de nada.

Asiento lentamente, pensando en uno de los ensayos de *Mala feminista*, el que habla de la película *Criadas y señoras* y que dice que no es ficción histórica, sino ciencia ficción. Me acuerdo de que la vi estando enferma en casa, con mi madre, y que, aunque me dé vergüenza reconocerlo, la encontré muy emocionante, sin tomar conciencia de lo que tenía de racista la historia de una mujer blanca que aparece para emprender una lucha heroica contra la desigualdad cuando las mujeres negras, por supuesto, llevaban muchos años luchando por sí solas. Últimamente, cuanto más leo y aprendo más trabajo sé que tengo.

—Y ¿qué pasó? —pregunto, sentándome sobre una pierna—. ¿Por qué nunca me había enterado de nada de esto?

Se encoge de hombros como si en el fondo nunca se lo hubiera planteado.

—Pues nada, que me casé con tu abuelo. Creo que es un caso muy común. Me necesitaban tu madre y sus hermanos, y luego… —No termina la frase—. Claro que también podrían ser excusas. Supongo que no hay manera de saberlo al cien por cien.

—¿Lo echaste de menos? —quiero saber mientras me como los trocitos de chocolate y las cerezas de mi barrita y deposito el resto en una servilleta—. Quiero decir las manifestaciones.

—Bueno, supongo que me manifestaba de otra manera —dice, pensativa—. Llamando a mis senadores, escribiendo cartas, haciendo donativos para causas en las que creía… En los años noventa me tuteaba con el personal de la oficina del senador Kennedy. —Me lanza una mirada elocuente—. Me gustaría pensar que hay más de una manera de ser una rebelde. Como se suele decir, es cuestión de hacer lo que se puede con lo que se tiene.

—Guau —exclamo, sacudiendo la cabeza—. No tenía ni idea.

—A ver si es que no le haces bastantes preguntas a tu anciana abuela… —me provoca y sonríe—. Mejor que me las hagas ahora, antes de que se me olviden las respuestas.

Frunzo el ceño. La idea de no tener siempre a la abuela me despierta una especie de quemazón detrás de las costillas.

—Lo digo en broma, niña.

Levanta el brazo y me estruja un poco el mío. Luego mira por la ventana. Hoy no hace tanto frío. Sorprendentemente ha mejorado el tiempo.

—Bueno —dice, dando una palmada—, ¿me acompañas a la panadería, a ver si tienen alguna galleta medio decente?

«Haz lo que puedas con lo que tengas», me recuerdo con firmeza.

—Con mucho gusto.

Cierro el táper de las barritas y me levanto. La abuela pone su mano en la mía.

DIECISIETE

El campeonato de voleibol femenino es el miércoles siguiente. Lo raro es que hay gente que habla de él. Hasta dos de primero me han dicho que les gustó lo que escribí sobre la flagrante falta de apoyo al equipo por parte del instituto.

—Deberíamos hacer una pancarta o algo así —propone Dave en nuestra mesa, casi al fondo de la cafetería, mientras quita el envoltorio de su sándwich de pavo.

El club de lectura se ha estado reuniendo más a menudo; no a diario, pero sí unas cuantas veces por semana, cosa que, teniendo en cuenta que Chloe parece que no quiere saber nada de mí y que, por lo demás, aprovecho la hora de comer para ir a la biblioteca y trabajar en mi editorial sobre el Título IX y la igualdad de género en la educación, se agradece.

—Aún queda material de la última fiesta. —Lo ha dicho Lydia, la delegada de clase en el consejo escolar, que siempre sabe si han sobrado globos, o cartulinas, o *cookies* de chocolate—. Podríamos quedar a la salida.

Asiento.

—Hoy tengo el coche de mi madre —digo con una sonrisa mientras Lydia me ofrece uno de sus palitos de zanahoria—, o sea, que si alguien necesita que lo lleve a casa…

—No hace falta —dice Gray—. Ya tengo quien nos lleve.

Me giro a mirarlo. Ni siquiera me había dado cuenta de que estaba detrás. Siento el mismo cosquilleo que noto cada vez que lo veo sin haber podido prepararme.

—¿Qué?

Sonríe con cara de pillo.

—Ya lo verás. Quedamos fuera después de la octava hora.

A la salida de clase hace un frío que pela. Al fondo del aparcamiento, se balancean las ramas desnudas de los árboles y se ve nuestra respiración. Encuentro a Gray con el resto del club de lectura en las mesas de pícnic del lateral del edificio. Está trabajando con ahínco en una pancarta donde pone «A POR TODAS, BRIDGEWATER», con cara de concentración y el labio inferior entre los dientes.

—¿Qué pasa? —pregunta al levantar la vista y pillarme sonriendo.

—Nada —contesto, sacudiendo la cabeza—. Bonita pancarta.

—Cállate —dice él, ruborizándose un poco, muy poco (¡Gray ruborizándose!)—. No querrás que seamos todos tan pijos como tú, y escribamos tan bien…

—Yo no soy pija —le aseguro, aunque no es que me ofenda.

—Yo creo que un poco sí —dice él.

Justo entonces, sin darme tiempo de responder, entra un autobús escolar en el aparcamiento y el chófer saluda con la bocina.

—Ah, qué bien —dice Gray, dando los últimos retoques a la pancarta. Luego se incorpora—. Ya vienen a buscarnos.

—¿Qué? Un momento… —Lo miro parpadeando—. ¿Has conseguido… un autobús?

—Sí, el del equipo de *lacrosse* —reconoce, ligeramente pagado de sí mismo—, aunque hay una pega.

—¿Cuál?

—Que va a subir más gente.

Señala con la cabeza a la entrada del gimnasio. Pongo unos ojos como platos. Ha empezado a salir del vestuario el equipo completo de *lacrosse,* que desfila en dirección al bus. Bueno, casi completo: Jacob me mira con mala cara, asegurándose de que lo vea, y se va hacia el otro lado.

—¿Es una broma? —le digo a Gray, pasmada—. ¿Los has convencido de que vengan a animar?

—Querían —contesta él. Pongo cara de poco convencida—. Bueno, vale, igual «querer» no es la palabra más exacta, pero aun así…

Suelto una carcajada, mientras el resto del club de lectura sigue mirando como si no se lo creyera. Incluso la profesora Klein pone cara de sorpresa.

—Eso es de ser buena persona, Gray.

—Bueno —dice él—, creo que si me vas conociendo verás que soy un tipo decente.

Abro la boca sin saber muy bien qué contestar. Lo que está claro es que Gray no es como pensaba.

—¿Preparados para subir? —pregunta la profesora Klein, rescatándome de mi silencio incómodo.

Dejo los restos del material en el maletero del coche de mi madre y subo al bus, concretamente al asiento vacío junto al de Gray, antes de haber podido disuadirme a mí misma.

El partido es en el St. Brigid's, un colegio femenino pijo que queda a un par de pueblos, con ventanales desde el suelo hasta el techo y laboratorios de última generación. Gray va al bar —que es de los de verdad, no como las máquinas de *vending* birriosas que hay fuera de nuestro instituto— y vuelve con un refresco gigante para él y varias bolsas de cacahuetes para compartir con todos.

—¿Qué pasa que ahora eres el padre del club de lectura? —pregunto con una sonrisa burlona cuando las reparte.

—Puede —contesta—. Como no os portéis bien, ya podéis despediros del partido.

Suelto un bufido y cojo un cacahuete.

—En el fondo eres un empollón, ¿eh? ¿Es tu gran secreto?

Se encoge de hombros.

—Uno de ellos —admite, sin quitarme la vista de encima.

Me roza la mano con el dorso de la suya. Me convenzo de que ha sido sin querer, pero solo hasta que a los pocos minutos vuelven a deslizarse sus nudillos por mis dedos, y su meñique está a punto de trabarse con el mío. Me muerdo el labio.

—Gray...

Levanta las cejas.

—Marin —dice, imitando mi tono.

Suspiro, sin saber qué pensar. Interés por mi parte lo hay, obviamente; para ser sincera, estoy interesada desde el día de la primera reunión del club, cuando Gray me arregló la cremallera de la mochila en el aparcamiento. Puede que hasta antes. No puedo negar que me había llamado la atención, siempre rodeado de admiradoras; lo que pasa es que me había prometido no ser nunca una de ellas.

—Sabes lo que dice todo el mundo de las chicas que se enrollan contigo, ¿no? —acabo preguntándole.

Pensaba que se haría el tonto, pero asiente enseguida.

—La verdad es que sí —dice—. Y es una mierda. No sé por qué se meten, solo lo pasamos bien.

No sé por qué me sorprendo tanto. ¿Acaso estoy libre de culpa? ¿Cuántas veces hemos estado sentadas Chloe y yo en el porche de mi casa, quejándonos de las que tienen el atrevimiento de besar a chicos que nos gustaban a nosotras, o criticando la pinta de golfa de alguna de primero en el baile de San Valentín? Debo reconocer que, a pesar de todas las supuestas conquistas de Gray, nunca he oído que su comportamiento haya dejado nada que desear. Que yo sepa, tampoco se ha ido nunca de la lengua.

—De todos modos —dice mientras parte un cacahuete y me sonríe con descaro—, ¿quién dice que te estoy tirando los tejos, para empezar?

—Pues… —Es como si volviera de golpe al piso de Bex. Claro, entendí mal la situación. Le atribuí unas intenciones que no tenía—. No, si yo no digo…

Se me debe de notar el pánico en la cara, porque Gray me da un golpecito en el hombro.

—Pues claro que te estoy tirando los tejos —admite. Luego se encoge de hombros—. Pero… Mira, ya sé que va a sonar a cuento, pero no lo es. No busco solo un rollo.

Levanto las cejas.

—¿Ah, no?

—No —afirma—. Lo que te he dicho iba en serio. Me parece genial lo que haces. Me tienes un poco flipado.

Pienso en lo que ha dicho. Desde hace unas semanas me siento tan al margen de todo que me cuesta pensar que a Gray pueda parecerle genial lo que hago.

—Vale —accedo finalmente—, pues lo tendré en cuenta.

—Sí, por favor —dice Gray con una mirada cálida e insistente—. Bueno, con tu permiso voy a seguir mirando el partido de voleibol.

Resoplo por la nariz.

—Ah, perdona, ¿te estaba distrayendo?

—La verdad es que sí —contesta, pero con una sonrisa burlona.

No tengo más remedio que sonreír yo también.

Se me hace raro ver cómo defiende el título el equipo femenino de voleibol. Ya, ya sé que solo es un juego, pero por alguna razón me hace sentir esperanzada; y cuando Elisa marca el punto de la victoria, justo al final del último set, nos levantamos como locos y nos ponemos a gritar, mientras el árbitro toca el silbato y el resto del equipo invade la pista. Lydia y Dave hacen chocar las manos de todas las maneras posibles. La profesora Klein chilla como un hincha borracho en un partido de fútbol americano.

—¡Dios mío!

Le echo los brazos al cuello a Gray sin ser del todo consciente de lo que hago, por poco lo tiro al suelo. Cuando baja la cabeza para besarme, es como otra victoria, la más sorprendente de todas.

DIECIOCHO

Por la mañana, Bex nos devuelve los trabajos. Me espero tanto un sobresaliente que al principio creo que es lo que estoy viendo, hasta que me doy cuenta de que lo de arriba es un insuficiente muy rojo.

Un momento. ¿Qué?

Giro el examen a la mayor velocidad humanamente posible y miro a mi alrededor para asegurarme de que no lo ha visto nadie. Parece que me arda todo el cuerpo de vergüenza e incredulidad. Nunca había sacado un insuficiente, y menos en algo relacionado con la escritura. Todavía menos en algo para Bex. Es… imposible.

Sin embargo, se ve que ya no.

La clase de esta mañana es sobre vocabulario, pero no oigo casi nada de lo que se dice en toda la hora, de tanto como me retumba la cabeza. Al final de la clase ya tengo preparada una argumentación en mi defensa digna de la mismísima juez

Ruth Bader Ginsburg. Aunque después de cruzar el aula vacía, solo me sale un balbuceo.

—¿Qué ha pasado? —logro preguntar, enseñando el examen arrugado: páginas escritas con esmero en el ordenador, que ahora cuelgan como banderas blancas.

—Lo siento, Marin —dice Bex, decepcionado—, pero no estaba a la altura de lo que sueles entregar.

—Pe… —Sacudo la cabeza—. ¿Por qué no?

—Está escrito con prisa y sin cuidado —explica—. Da la sensación de que no te has esforzado nada. Sé que has estado dedicando mucho tiempo a tus editoriales. Igual te has distraído.

—No es verdad —contesto—. No digo que sea mi mejor trabajo, pero… ¿un insuficiente? ¿De verdad?

Bex se limita a encogerse de hombros.

—Si necesitas subir nota, podemos plantearnos un trabajo extra.

Hay algo en su actitud que me provoca un desagradable hormigueo en la nuca. No es por el trabajo. Tengo la impresión de que es personal.

—Dime la verdad. ¿Por qué es? —pregunto.

—¿Cómo?

Casi se le han salido las cejas de la cara.

—Esta nota no me la merezco. Es que… no.

Nos miramos un buen rato, hasta que Bex suelta un suspiro.

—A ver, ¿qué te pasa? —me pregunta, apoyándose en su mesa y pasándose una mano por el pelo de la nuca.

Por un momento vuelve a ser el Bex de siempre, el Bex que conozco, el profesor cuya clase era mi parte favorita del día.

Es lo que me frena.

—¿Qué?

—Desde hace unos días estás intratable. Entre la lista de lecturas y tu actitud en clase… Además, no quería decírtelo, pero la verdad es que tus textos para el *Beacon*…

Deja la frase a medias. Frunzo el ceño.

—¿Qué pasa?

Entorna un poco los ojos.

—Creía que habías dicho que estaba todo bien.

Doy un paso hacia atrás.

—¿Si estuviera todo bien no habría sacado un insuficiente en este trabajo?

Me ha salido sin tiempo para arrepentirme. Las palabras se quedan flotando un momento entre los dos, como un desafío, hasta que al final Bex aprieta los labios y le palpita un músculo en la mandíbula.

—No te pases, Marin —me advierte—. Soy tu profesor.

—Ya. —Meto el trabajo de cualquier manera en mi mochila, porque ya no sirve de nada. Luego me giro y voy hacia la puerta—. Ya lo sé.

A mis padres no les digo nada del trabajo. No sé muy bien qué me lo impide. No entiendo a quién quiero proteger, si a mí o a Bex. Esta noche me toca quitar la mesa. Pongo los platos debajo del grifo, distraída, y los aclaro preguntándome si ha sido un paso inteligente enfrentarme con él. Por una vez, me gustaría estar segura de que he hecho lo correcto.

Guardo los restos de queso y nata agria en la nevera —esta noche mi padre ha hecho tacos, y Gracie ha cargado tanto los suyos de jalapeños que se me saltaban las lágrimas solo de mirarlos— y paso una bayeta amarilla ligeramente roñosa por la mesa. Justo cuando acabo se acerca mi madre por detrás, apoya la barbilla en mi hombro y me rodea la cintura con los brazos.

—Hola, hija mía —dice, apretando suavemente—. ¿Sabes que estoy superorgullosa de ti?

La miro por el rabillo del ojo. No sé cómo consigue adivinar cuándo necesito que me den más ánimos que de costumbre.

—Gracias.

—Lo digo en serio. —Me da un beso en la mejilla y se levanta. Después de una pasada rápida a la encimera con un trapo de cocina, echa un vistazo al reloj del horno—. Aún faltan veinte minutos para que empiece *Anatomía de Gray* —dice, pensativa—. ¿Calculas que es bastante para ir corriendo a la tienda de veinticuatro horas y comprar helado?

Me lo pienso.

—Si nos damos prisa… —concluyo al cabo de un momento.

Asiente y descuelga sus llaves del gancho que está junto a la puerta.

—Vamos.

DIECINUEVE

El viernes por la noche Gray me lleva a patinar al estanque del Boston Common. Noto en mi mano fría el calor de la suya, más grande, mientras esquivamos a los patinadores. Pasan a toda velocidad niños pequeños con patines de *hockey*, entre grupos de universitarios con parkas de cuello de piel; en los altavoces suena Ariana Grande a todo volumen, y un árbol de Navidad gigante hace guiños con sus luces de colores.

Al final de la sesión nos tomamos un chocolate caliente en una cafetería minúscula con vistas al parque, con bombillas *vintage*, baldosas con motivos de trenzado y una gruesa cortina de terciopelo en la puerta para que no entre el frío. Gray, que es corpulento, casi se tiene que doblar para poder sentarse al lado de la ventana, en una silla que se tambalea, y sus rodillas chocan con la mesa de mosaico, no mucho mayor que un plato.

—¿Estás cómodo? —le pregunto entre risas, sujetando mi taza para que no se me derrame.

—¿Yo? Comodísimo —contesta.

Creo que lo dice en broma, hasta que levanto la mirada y lo veo tan sereno, observándome sin apartar los ojos. Mi cuerpo entero empieza a entrar en calor.

—Ah, pues me alegro.

Me tomo un poco de chocolate para disimular lo roja que me he puesto. Con Jacob nunca me había notado así, como si por el mero hecho de estar cerca de él se me iluminaran los huesos por dentro.

Parte en dos una galleta enorme de canela y me da una mitad.

—Estas galletas siempre las hacen mis madres para Navidad —me cuenta—. Dedican todo un día a hacer dulces. Como tienen las dos muchas hermanas, vienen mis tías y todas mis primas y hacen como un millón de pastas diferentes.

—¿Y tú eres el catador? —pregunto en broma.

Suelta un bufido.

—¿Crees que mis madres me dejarían quedarme sentado mientras me hacen comida un montón de mujeres? —pregunta riéndose—. Yo hago mi parte. Que sepas que soy buenísimo midiendo.

—No lo dudo —digo con una sonrisa—. ¿O sea, que tienes una familia muy grande?

—Enorme. —Se acaba la galleta en dos bocados—. Veintidós primos hermanos, imagínate. Algunos hasta tienen hijos. Es un zoo.

—Suena divertido. —Uso una cucharilla para sacar una montaña de nata montada de mi chocolate antes de que pueda hundirse hasta el fondo de la taza—. En mi casa siempre hemos sido solo Gracie, yo y mis padres. Es una de las razones de que tengamos una relación tan estrecha con nuestra abuela.

—¿Ah, sí? —Parece que le interesa—. ¿Mola o qué?

—Es la mejor —digo enseguida, evitando comentar que ya no puedes fiarte de que sea la de siempre—. Encima acabo de enterarme de que tiene una especie de pasado secreto en el movimiento feminista radical. No me lo había dicho nadie.

—Genial —dice Gray, sonriendo.

Nos quedamos mucho tiempo en la cafetería, hasta que empieza a vaciarse y solo queda, aparte de nosotros, una mujer madura y de aspecto glamuroso, que se toma con calma un expreso. Aun así, no tengo prisa por volver a casa. Gray sabe hacer buenas preguntas y cuenta un montón de anécdotas sobre su penoso papel como único hombre en una familia llena de mujeres. Tiene una hermana, Alice, que estudia Ciencias Políticas en Chicago.

—Os caeréis bien —me dice con toda la seguridad del mundo.

Se me escapa una sonrisa al oír que usa el futuro.

Al final los camareros empiezan a limpiar las mesas como indirecta. Salimos y bajamos por Charles Street, donde resuenan nuestros pasos en los adoquines. Por las puertas de los bares se oyen risas. El ambiente debería ser festivo —faltan pocos días para las vacaciones de Navidad y en la calle vacía hay guirnaldas de luces—, pero entre el frío y la oscuridad siento que vuelve la nube de aprensión que me persigue desde hace un tiempo. Estando con Gray no me he acordado de la conversación de ayer con Bex —la verdad es que ni de la conversación ni del resto—, pero el olvido tiene un límite. El problema sigue ahí, desconcertante y humillante. Madre mía… Pero ¿qué voy a hacer?

Gray se da cuenta de que pasa algo. Ha estado hablando alegremente de un montón de temas y llevando él solo todo el peso de la conversación, pero en el momento de validar nuestras tarjetas en la estación de metro, donde la luz es muy fuerte, se para.

—Me ha parecido que… tenías la cabeza en otro sitio.

Hago el gesto de negarlo.

—No pasa nada —le aseguro mientras subimos al andén elevado por la escalera mecánica, con la oscura masa del río Charles al fondo. Se ve el parpadeo blanco, naranja y azul del cartel gigante de Citgo—. Es una tontería.

—¿Nada o una tontería?

Vacilo.

—¿Las dos cosas a la vez? —pruebo a decir, mirando a las vías para ver si llega el tren, aunque en el tablero de llegadas del andén pone que aún tenemos diez minutos de espera—. ¿Ninguna de las dos? —Mi suspiro se condensa un poco en el aire—. No lo sé.

Gray asiente y mete las manos en los bolsillos de la chaqueta.

—No hace falta que me digas nada, obviamente —contesta, balanceándose sobre los talones—, pero bueno, que sepas que si quieres puedes. Aunque te choque oírlo, la verdad es que sé escuchar muy bien.

Se me escapa un bufido.

—Eres consciente de que quienes van de saber escuchar al final nunca lo hacen tan bien, ¿verdad?

—¿Ah, no? —contesta, pillo—. ¿Cuándo se te ha ocurrido esa teoría? ¿Hace un rato, mientras te contaba mi vida y tú te dedicabas a reorganizar mentalmente el cajón de los calcetines?

—¡Menudo maleducado! —protesto, clavándole el codo en el bíceps.

Echo la cabeza para atrás y miro el cielo.

—Ya, ya.

Se le marcan los hoyuelos al decirlo. Luego sacude la cabeza.

—Marin —dice, demasiado bajo para que lo oiga alguien más en el andén—. Ponme a prueba.

Suspiro, y después… pues se lo cuento. Le explico todo lo de Bex, y que, desde hace un tiempo, Chloe está tan ocupada que a veces parece que me evite, y que a mis padres no les he dicho la verdad, y lo de la revista, y la insidiosa sensación de que de alguna manera es todo culpa mía.

—Yo no quiero dar problemas a nadie —concluyo, temblando un poco dentro del chaquetón—, pero de momento no me ha parecido que ignorarlo lo haya hecho desaparecer.

Gray se queda mucho tiempo callado, y al final sacude la cabeza.

—Joder, Marin. —Me sorprende su tono de rabia—. Ese tío es un auténtico capullo.

Se me escapa una carcajada tan fuerte y sorprendente que una mujer nos mira con curiosidad desde la otra punta del andén. De repente me doy cuenta de que era lo que esperaba que dijese Chloe cuando se lo conté; lo que necesitaba, en cierto modo.

—Sí —contesto, tragándome el nudo que ya me he acostumbrado a tener en la garganta, la sensación de tener que controlarme siempre—. Supongo que se podría decir que sí.

—No, no es que se pueda decir —responde, convencido—, es que lo es.

Miro mis botas y el suelo de cemento de debajo.

—¿Crees que se lo tendría que contar a alguien?

Se lo piensa un momento.

—No tengo la menor idea. —Ha sonado muy sincero—. Supongo que es de esas situaciones donde mi madre diría que tienes que decidir si aprendes a vivir con algo o no. La verdad es que es de los comentarios suyos que menos me gustan, porque implica que no hay solo una respuesta. —Se encoge de hombros—. Lo que puedo decirte es que, decidas lo que decidas, yo te apoyaré.

En ese momento se oye retumbar el tren al irrumpir rápidamente en la estación. Gray me da la mano.

VEINTE

Pido cita con el señor DioGuardi durante mi hora libre del último lunes antes de las vacaciones de Navidad. Me siento muy al borde de la silla de polipiel para las visitas, con las manos debajo de las piernas para que no me tiemblen. Es un despacho pequeño, abarrotado: el escritorio está a rebosar de carpetas. En el alféizar hay una maceta con una planta medio muerta. En la estantería, una foto de sus hijos, dos chicos en edad universitaria, pelirrojos y con pecas, que salen haciendo el tonto durante una acampada. Una parte de mí lamenta que no tenga hijas.

—A ver, solo un segundo más —dice con vaguedad el señor DioGuardi, mirando con un dedo en alto la pantalla de su ordenador.

A juzgar por los pitidos y bocinas que se han estado oyendo durante los seis minutos que llevo en el despacho, o está intentando hackear una base de datos del Gobierno, o no consigue adjuntar un documento a un mensaje de correo electrónico.

—No hay prisa —digo, aunque la verdad es que cuanto más me hace esperar más tengo la sensación de que en cualquier momento me saldré de mi piel y me iré corriendo por el pasillo, dejando un reguero de músculos y vísceras.

Respiro y me esfuerzo por no moverme mucho. «Con tranquilidad y rapidez», me recuerdo.

Finalmente, el señor DioGuardi junta las manos encima del teclado y se echa para atrás con mala cara al darse cuenta de que ha presionado sin querer la barra espaciadora. Se oye una campanilla de protesta. Me muerdo el interior de la mejilla para sofocar una risa nerviosa.

—Bueno, Marin, ¿qué querías?

Respiro hondo.

—Pues…

—Por cierto, he leído tus editoriales en la revista —me dice con las cejas arqueadas de una manera que no estoy muy segura de cómo interpretar—. No sabía que tuvieras tanto que decir sobre la política de género en el instituto.

—Ya… —Consigo que me salga una sonrisa amable, sin ningún componente de amenaza—. Supongo que lo vengo pensando desde hace un tiempo.

El señor DioGuardi asiente con la cabeza.

—Se nota, se nota. —Carraspea—. Bueno, ¿qué te ronda por la cabeza?

Trago saliva mientras clavo las uñas en el nailon que me cubre las rodillas.

—Es por el señor Beckett —reconozco.

—¿Sí? —Las cejas del señor DioGuardi sufren una prudente sacudida—. ¿Qué le pasa?

Respiro profundamente y se lo explico con la mayor

neutralidad posible, empezando por el primer día en que me acercó a mi casa y acabando por la tarde en su apartamento.

—Me besó —digo, estremeciéndome.

Por Dios... No me puedo creer que esté diciendo esa palabra delante del señor DioGuardi. No me puedo creer que me refiera a Bex. Todo es humillante.

Cuando termino, el señor DioGuardi se queda un buen rato callado, dando golpecitos rítmicos con el silbato en sus dos dientes de delante.

—Es una acusación muy grave, Marin —dice finalmente—. Supongo que te das cuenta de que estoy obligado a informar al Consejo Escolar, y de que querrán investigarlo a fondo.

—Ya —respondo despacio, sin saber si intenta disuadirme. La sensación es más bien esa—. Pero bueno... ¿Qué queda por investigar? —Sacudo la cabeza, desconcertada—. Lo que pasó ya se lo acabo de contar.

La impasibilidad del señor DioGuardi solo flaquea un momento.

—Bueno, Marin, es que es un proceso. Antes de decidir si tomamos alguna medida, tendremos que reunir más datos. Lo primero que querrán será hablar contigo personalmente. Luego, supongo que también querrán hablar con el señor Beckett.

—¿Y si dice que me lo invento?

El señor DioGuardi frunce el ceño.

—¿Te lo inventas?

—¿Qué? ¡No! —digo con una brusquedad involuntaria—. ¡Claro que no!

—Ese tono, por favor —me recuerda el señor DioGuardi, tocando con la mano el silbato como para comprobar que aún lo lleva en el cuello por si tiene que pitarme falta—. Me doy cuenta de que es una situación… emocional. Justo por eso hay un procedimiento. —Vuelve a sonreír, una sonrisa de padre, tranquilizadora—. Son cosas que llevan tiempo, Marin, pero tranquila, que llegaremos hasta el fondo. No dudes de que cumpliremos todos con nuestra obligación.

Me agarro con fuerza a los brazos de la silla, segura, sin saber muy bien por qué —tal vez por su manera de decir «situación emocional»—, de que no hay margen para discutir sin darle la razón.

—Vale —digo finalmente. Recojo la mochila y me levanto tan deprisa que me da un mareo. De repente el ambiente se ha vuelto claustrofóbico. Hace demasiado calor y el aire está demasiado cargado para poder respirar bien—. Bueno, pues… gracias. Tengo que volver a clase.

El señor DioGuardi frunce el ceño. Me doy cuenta de que esperaba que me mostrase más agradecida. No me estoy ajustando al reglamento.

—Marin… —empieza a decir.

Antes de que pueda continuar, me pego otra sonrisa insípida a la cara.

—Le agradezco mucho que me ayude, señor DioGuardi, de verdad —le aseguro.

—No faltaba más —contesta, ablandándose. Vuelve a reconocerme: buena alumna, codirector de confianza del *Beacon*, no de las que dan problemas. Una buena chica—. Si tienes alguna pregunta, no dejes de venir a mi despacho. Estamos para ayudarte.

Le doy las gracias otra vez, sin despegarme la sonrisa de la cara, y salgo del despacho. Saludo con la mano a la señora Lynch, que está muy atenta a su Facebook en el ordenador del trabajo. Hasta que salgo al pasillo y veo que está vacío, no dejo que se me caiga la careta. Me apoyo en una hilera de taquillas de primero y respiro varias veces a fondo, intentando tragarme el remolino de aprensión que se me está formando en el pecho. Mi intención era pedirle al señor DioGuardi que pusiera fin a este patético episodio.

Pero parece que acaba de empezar.

Al final de la última hora me encuentro a Gray al lado de mi taquilla, esperándome. Ya se ha aflojado la corbata y se ha encasquetado en la cabeza, sobre el pelo ondulado, un gorro de renos encantadoramente ridículo, con su pompón y todo.

—Hola —saluda con una sonrisa que, a pesar de la sensación de que se me va a caer el mundo encima, me provoca un escalofrío—. ¿Cómo ha ido?

Me encojo de hombros.

—Supongo que bien. —Lo informo lo más deprisa que puedo, procurando ceñirme a los hechos y no parecer una persona a merced de su propia «situación emocional»—. Por lo que ha dicho, a la vuelta de las vacaciones me dirán algo más.

—Ah, pues bien, ¿no? —dice Gray—. Que vaya a planteárselo al Consejo Escolar, quiero decir.

—Sí, eso sí —contesto, a pesar de que la idea, en realidad, me da ganas de hacer un agujero en el primer montón de nieve que encuentre y quedarme dentro hasta la primavera. Ya me siento estúpida por haber llegado a imaginarme que se acabaría todo al contárselo al señor DioGuardi. Parece que se ha convertido en un tema recurrente dentro de mi vida: pero ¿qué narices pensaba que pasaría?—. Es verdad.

—Bien —vuelve a decir Gray, como si fuera tan fácil,

aunque sé que solo lo dice para animarme—. ¿Vienes a lo de la pizza?

Sacudo la cabeza. El último día de clase antes de las vacaciones navideñas todos los alumnos del Bridgewater van a tomarse unas porciones a Antonio's. Normalmente es una de mis tardes favoritas del año: el frío, la cola que llega hasta la acera, el olor caliente de queso y *pepperoni*… Hoy, en cambio, se me hace demasiado cuesta arriba la idea de estar con tanta gente.

—Tengo que hacer algo —me limito a contestar.

Cuando llego a casa, mi madre está en el comedor trabajando en su portátil, rodeada de papeles amontonados de cualquier manera. Mi padre, al ser mañana Nochebuena, ya está enfrascado en los preparativos.

—Hola a todos —digo al dejar la mochila en el vestíbulo, metiéndome el pelo detrás de las orejas. Me armo de valor ante la sensación de pánico de haber puesto en marcha una sucesión de acontecimientos sin estar segura ni de que fuera lo correcto—. Me parece que vamos a tener que hablar.

VEINTIUNO

Me esperaba una explosión de rabia, sobre todo de mi madre —en su día, salió a la calle en pijama y le pegó un susto tremendo a Avery Demetrios por haberme tratado mal durante las convivencias de verano de fin de primaria—, pero se queda escuchando donde está, sentada delante de la mesa, como en estado de *shock,* sujetando una de las manos de mi padre y una de las mías.

—¿Que hizo qué? —pregunta cuando llego a la parte del beso, pero aprieta los labios en cuanto mi padre le estrecha los dedos con más fuerza—. Lo siento. —Sacude la cabeza como si intentara despejársela. Veo que se le han puesto los ojos vidriosos—. Sigue.

Lo hago sin levantar la vista de la mesa. Les cuento lo de mi editorial, también lo del trabajo, y acabo explicándoles lo de hoy y mi conversación con el señor DioGuardi. Al acabar se hace un largo silencio.

—Marin, maldita sea… —dice mi madre. Al levantar la

vista, compruebo con sorpresa que se está enjugando las lágrimas con la palma de la mano—. Siento tanto, tanto que te haya hecho eso.

Nos quedamos un buen rato alrededor de la mesa, hablando. Mi padre saca queso, *crackers* y uvas para picar. No me hacen ninguna de las preguntas que me esperaba: «¿Seguro que no te confundiste? ¿Le hiciste pensar lo que no era? Pero ¿se puede saber qué hacías en su piso, para empezar?». No sé por qué, pero me hace sentir un poco culpable, como si me eximieran demasiado fácilmente.

Todos nos sobresaltamos cuando se abre la puerta trasera y entra tranquilamente Gracie, que ha venido en coche compartido, con los mofletes sonrosados por el frío.

—Me muero de hambre —anuncia. Luego, nos ve sentados a la mesa como en plena sesión de espiritismo—. ¿Qué pasa?

Después de un momento de vacilación, respiro y le sonrío.

—Nada —le aseguro, ofreciéndole un *cracker*. Sentada entre mis padres, tengo la sensación de que hasta podría ser verdad—. Todo bien.

El día después de Navidad voy a casa de Chloe con el coche de mi madre, y al enfilar el camino de entrada paso al lado del globo de nieve gigante que tienen sus padres en el jardín. Cada año se esmeran más con la decoración navideña: han puesto bastones de caramelo de casi un metro al lado de las flores, y un Papá Noel motorizado y luminoso que saluda al lado de la chimenea. A Chloe es lo que más vergüenza le da en el mundo —soy la única amiga con permiso para ir a verla entre Acción de Gracias y Año Nuevo—, pero a mí en el fondo siempre me ha encantado.

Cuando su madre me abre la puerta, saludo con la mano a los hermanos de Chloe, que están tumbados en la alfombra, jugando a barcos delante del árbol de Navidad. A ella la encuentro en su dormitorio, en pijama, mirando un tutorial sobre rímel en el portátil.

—Hola —dice con cara de sorpresa cuando llamo a la puerta, que está entrecerrada.

Arrugo el ceño.

—¿No íbamos al centro comercial?

Es una excursión que llevamos haciendo desde hace cuatro años el día después de Navidad. Devolvemos jerséis feos de nuestros familiares, aprovechamos las rebajas y siempre acabamos tomándonos un moka con menta en la cafetería cutre para hípsteres de Inman Square.

—Ah… —Chloe sacude la cabeza como si fuese una novedad, no una tradición que tenemos desde antes de que nos viniera la regla—. Sí, supongo… No sé. Había pensado que estarías con Gray.

—¿Qué? —Ni siquiera tenía constancia de que supiera lo nuestro. Me duele pensar en lo poco que hemos estado viéndonos—. Gray está hasta Año Nuevo en New Hampshire, con sus primos, pero ¿por qué iba a estar con él? Es nuestro día, ¿no?

—Ya. —Se encoge de hombros—. No sé.

Frunzo el ceño.

—¿No quieres ir?

Vale, ya sé que nuestra relación se ha enrarecido y no me creo del todo que esté siempre con Kyra, pero no ir al centro se me haría muchísimo más raro.

—No, podemos ir —contesta cerrando el portátil, con la misma cara que si acabara de invitarla a algo tan emocionante como pasarnos la tarde cavando un agujero en la tierra helada—. Solo tengo que ducharme.

—Si no quieres no, ¿eh?

De repente hasta me parece mala idea, no solo por el humor de perros de Chloe, sino por la cantidad de gente que habrá y el riesgo de encontrarnos a alguien del instituto. A Bex. Me siento al borde de la cama sin hacer.

—¿Te puedo contar algo? —pregunto mientras estiro un hilo suelto de la colcha que le hizo su madre con las camisetas viejas de las acampadas—. Sin que te dé un parraque, me refiero.

Chloe levanta las cejas.

—¿Que te has quejado a DioGuardi sobre Bex? —pregunta enseguida.

—Pues… —Abro mucho los ojos—. Y tú ¿cómo sabes eso?

—Lo saben todos —contesta, dejando el portátil encima del colchón para bajar de la cama—. Es decir, todo el instituto.

—¿Qué? ¿En serio? —Se me cae el alma a los pies. Elegí adrede el último día antes de vacaciones para hablar con el señor DioGuardi, ya que pensé que así tendría un poco de margen antes de que se pusiera en marcha la fábrica de cotilleos—. ¿Cómo se han enterado?

—Ni idea —contesta, pero sin mirarme del todo.

—Bueno, mejor dicho, ¿quién te lo ha contado a ti?

—¿Importa algo?

—Pues sí, Chloe, la verdad. Si la gente va diciendo que…

—¿Puedes parar? —me interrumpe, señalando la colcha con un gesto de la cabeza—. En cualquier momento se deshace por completo.

—Perdona. —La suelto y me paso las palmas por las rodillas de los vaqueros. De repente se me han puesto sudorosas—. ¿Estás enfadada conmigo? —pregunto, a pesar de que la respuesta es bastante obvia; lo que no acabo de entender es por qué.

Chloe descuelga su albornoz de detrás de la puerta del armario y se lo pone en el brazo.

—Es que no entiendo que te molestaras en preguntarme qué pensaba que tenías que hacer —responde mientras se echa por encima la sudadera del Bridgewater—, porque es evidente que siempre has tenido los planes muy claros.

—Espera, espera, espera —protesto—. Yo no tengo ningún plan. ¿Qué quieres decir con eso?

Chloe resopla como si me estuviera haciendo la tonta.

—Pues a que has decidido que tienes que vengarte de él, y ahora…

—¿De Bex? —Sacudo la cabeza—. Pero ¿qué di…?

—Te das cuenta de que lo más probable es que lo echen, ¿no? —me corta—. Y que nos tocará aguantar todo el resto del curso a un sustituto de cien años que nos hará leer unos rollos tremendos y explicarlos con pelos y señales en los trabajos, solo porque te has empeñado en un estúpido malentendido.

—Menuda mierda, Chloe. —Noto que se me hace un nudo en la garganta y que me pican los ojos. Es la primera vez que me habla así en toda la historia de nuestra amistad—. ¿Se puede saber qué coño te pasa?

—A mí nada —replica, antes de mirar por encima del

hombro, hacia el pasillo, y bajar la voz—: Es que no entiendo por qué te estás portando así. ¿No podrías reconocer que te equivocaste…?

—¡Yo no me he equivocado!

—¿Pues entonces? ¿Te crees que está enamorado de ti? —Chloe se ríe con maldad—. ¿Que hacerte subir a su casa formaba parte de un plan supersecreto para que fueras su novia?

—No, claro que no. —Se me están empañando los ojos de verdad y empiezo a ver borroso. Miro la lámpara del techo y me lleno los pulmones—. Supongo que eres consciente de que se supone que eres mi mejor amiga.

—Soy tu mejor amiga —dice ella enseguida—. Y una de mis obligaciones es avisarte cuando haces el ridículo.

—¿Te parece que es lo que hago?

—Me parece que has perdido el contacto con la realidad.

—Bueno, pues… —Me encojo de hombros. ¿Qué se pude contestar a esas palabras? Me levanto, me pongo la mochila en el hombro y me paso la palma de la mano por la cara—. Supongo que no es tan buen día como me pensaba para ir al centro comercial.

—No —dice Chloe, aguantando el albornoz como un escudo—. Supongo que no.

Bajo y salgo yo sola, evitando a su madre, que está en la cocina. Los chicos siguen jugando en el salón, donde suena el Cartoon Network a tanto volumen que casi no se oyen sus palabrotas.

—¡Hundido! —dice alegremente uno de los dos.

Lo último que oigo antes de cerrar la puerta son sus risas.

VEINTIDÓS

Durante las vacaciones nos reunimos mis padres y yo con el director y el Consejo Escolar, distribuidos alrededor de una mesa plegable sobre el escenario de la sala de actos. Tengo curiosidad por saber si han hecho venir expresamente al señor Lyle para montarla. Al repetir mi testimonio ante el consejo, tengo la extraña sensación de estar interpretando una obra sin haberla ensayado nunca. Nos aseguran que se lo están tomando muy en serio, y que también hablarán con el señor Beckett.

El resto de las vacaciones navideñas son de una tranquilidad angustiosa. Gray vuelve de New Hampshire y me lleva a desayunar al Deluxe Town Diner. Gracie y yo vamos a ver *El cascanueces* con mi madre. Mi padre soporta sin quejarse un millón de películas navideñas del canal Hallmark, y se levanta cada cierto tiempo para hacernos más galletas de *marshmallow* con chocolate fundido. Sé que es una manera de decir en clave «te quiero y me tienes para lo que haga falta».

El primer día después de vacaciones, mi madre me deja su coche para darme la tranquilidad de saber que si tuviera que irme podría hacerlo enseguida. Doy un portazo y cruzo el aparcamiento a toda prisa, pisando escarcha con las botas. Se me mete por el cuello del abrigo una lluvia glacial. En la escalera de cemento estoy a punto de caerme, pero me aferro a la baranda justo a tiempo.

Después de cruzar la puerta de los mayores y de soltarme el pelo, echo un vistazo al pasillo, lleno de gente y muy iluminado. Harper Russo arquea las cejas y le susurra algo a Kaylin Benedetto. Michael Cyr me dedica una falsa sonrisa gigante.

Escondo la cara y voy a mi taquilla, diciéndome que estoy dramatizando. Es mi instituto, no el plano inicial de una peli de adolescentes de los años noventa. Aun así, saco mis libros a la mayor velocidad posible y, al cruzar el embotellamiento del pasillo, paso justo al lado de Cara St. John y Aminah Thomas.

—… siempre con él en la redacción de la revista —está diciendo Cara, mientras se hace una coleta corta con su media melena rubia—. No sé qué se pensaba que estaba pasando.

—Ya me gustaría que Bex intentara algo conmigo —mete baza Aminah, y justo después se gira por casualidad.

La cara de vergüenza que pone al darse cuenta de que estoy detrás no es nada en comparación con las náuseas que se apoderan de todo mi cuerpo, acompañadas de calor y de picores.

O sea, que es verdad que lo sabe todo el mundo.

Paso las primeras dos horas en un estado de estupor, como si me hubieran envuelto la cabeza con gasa y no viera, ni oyera ni respirara bien. Durante toda la mañana intento imaginarme lo que haré si al principio de la hora de inglés está Bex en el aula, también lo que haré si no está.

—¿Preparada? —me pregunta Gray, juntando nuestras manos al ir por el pasillo.

Asiento. Me he estado diciendo que pase lo que pase no me afectará, pero no puedo negar que me flojean las rodillas de alivio al ver que en el aula de Bex hay un sustituto, un hombre de mediana edad con cara de empollón, medio calvo y con barriga.

—Perfecto —murmura Gray en el momento de sentarnos, mientras se dibuja en su cara una sonrisa—. ¿Lo ves? Se ha ido. No hay nada que temer.

—Sí.

Consigo reír un poco, pero se me borra la sonrisa cuando entra Chloe y se para de golpe al ver al sustituto.

—Oye —digo en voz baja en el momento en que pasa al lado de mi mesa—, ¿podemos hablar?

Me ignora.

El sustituto se presenta: es el señor Haddock. «Como el pescado», aclara, y se le nota en la cara que le sabe mal que no se ría nadie. Luego, se embarca en la clase de vocabulario de esta semana. Es tan seco y aburrido como predijo Chloe, pero no me molesta, al contrario.

Se ve que soy la única.

—Pero qué malo es este tío —murmura Dean Shepherd al fondo de la clase.

—Al menos no intentará follárselo Marin —contesta para hacer un chiste Michael Cyr—. Bueno… probablemente.

Clavo la vista en mis apuntes con la cara ardiendo. Gray se los queda mirando a los dos.

—Perdone… —dice en la primera fila Chloe, muy modosa, levantando la mano—. El señor Beckett ¿cuándo volverá?

El señor Haddock frunce el ceño.

—Tengo entendido que mañana, pero no pienso malgastar el tiempo que tengo con vosotros, o sea, que id abriendo los libros…

El resto de la frase se pierde en el estruendo que ha invadido de golpe mi cabeza. Al principio pienso que lo he oído mal, sinceramente.

Mañana. ¿Va a volver… mañana?

Pero qué boba soy.

Esto no se ha acabado, en absoluto.

Cuando por fin suena el timbre, me levanto como un velocista al oír el disparo de salida. Ignorando a Gray, que viene hacia mí, salgo al pasillo rumbo a administración, donde la señora Lynch se está comiendo una bolsa de galletas Famous Amos, mientras consulta con avidez una web de cotilleos en su ordenador.

—¿Está el señor DioGuardi? —suelto a bocajarro.

Su mirada se vuelve suspicaz.

—¿Y esos modales? —dice, minimizando a toda prisa la ventana.

Nunca habría dicho que fuera admiradora de Rihanna, pero supongo que cada persona es un mundo. Me muero de ganas de contárselo a Chloe, hasta que me acuerdo de que ya no nos hablamos.

—¿Tienes cita?

«Su agenda se la llevas tú —pienso sin decirlo—. Sabes que no».

—Pues… nop. —Pretendía decirlo con tono animado,

pero se me ha ido más bien hacia lo trastornado—. Solo quería saludarlo.

La señora Lynch frunce el ceño.

—Le diré que estás aquí.

Me siento a esperar en el despacho exterior, mirando cómo pasan los segundos en el viajo reloj del pasillo. Transcurren casi diez minutos antes de que se abra la puerta y salga el señor DioGuardi.

—¡Marin! —No parece que se alegre de verme, en absoluto—. Pasa. Te tenía en la lista de alumnos con los que ponerme en contacto esta mañana.

«Me lo imagino», pienso amargamente.

—¿El señor Beckett vuelve mañana?

Arruga el ceño.

—Siéntate —me pide, señalando la silla de enfrente—. Es de lo que quería hablarte. Estas vacaciones el Consejo Escolar ha estado investigando tu… acusación, y al final no ha encontrado pruebas concluyentes de ninguna irregularidad, así que el profesor Beckett retomará sus clases hasta final de curso.

—La irregularidad ya se la conté yo —respondo, con un tono más quejumbroso de lo que pretendía. Trago saliva y clavo las uñas en los apoyabrazos. «No te pongas histérica. No seas la típica loca»—. Lo que quiero decir…

—Ya lo he entendido, Marin —dice el señor DioGuardi—, pero sin declaraciones que lo corroboren, ni pruebas…

—Sin pruebas… —lo interrumpo, empezando a asimilar las consecuencias—. ¿O sea, que se cree que miento?

—Para ahí, un momento —dice él—, que eso no lo ha dicho nadie.

—Pues entonces, ¿qué me está diciendo?

—Marin…

El señor DioGuardi se pone un momento el silbato en la boca y se lo vuelve a quitar. De repente adopta un tono más amable.

—Vamos a ver… —dice—. ¿Hay alguna posibilidad de que interpretaras mal lo que pasó? Entre el señor Beckett y tú, quiero decir. Es obvio que no te lo reprocharía nadie. Es uno de los profesores más jóvenes del instituto, y siempre veo chicas en su aula o en la redacción de la revista. Sería perfectamente comprensible que malinterpretaras…

—Dios mío… —No lo puedo evitar. Echo la silla para atrás y me levanto de golpe—. No pienso escucharlo.

Al otro lado de la mesa, el señor DioGuardi entrecierra un poco los ojos.

—Marin —dice con dureza—. Entiendo que estés disgustada, pero no hace falta que te diga con quién estás hablando.

«Para de decir mi nombre», tengo ganas de gritar tan fuerte que se rompan las ventanas, pero al final me comporto y aprieto los labios, tragándome la rabia y el miedo.

—Tiene razón —logro decir, como si las palabras fueran grava en mi boca. Levanto las manos y sonrío a la fuerza, como acobardada—. Lo siento. No debería haber… Tiene razón.

El señor DioGuardi asiente esbozando una sonrisa, satisfecho, creo, de poder mostrar cierta indulgencia en este duro trance.

—Lo único que quiero decir es que son cosas que pasan —sigue explicando—, y que a veces, cuando hemos tenido tiempo de serenarnos y de analizar algunas situaciones desde todos los puntos de vista, nos damos cuenta de que ya no las vemos como al principio.

—Claro —digo. Me concentro en la estantería y en la foto de los hijos de DioGuardi de acampada. Tengo ganas de tirarla para que se le caiga en la cabeza, y después aconsejarle que dedique un momento a serenarse y a analizar la situación desde todos los puntos de vista—. Lo entiendo.

—Bueno, pues… —También se levanta—. Si no querías preguntarme nada más…

—No… —contesto mientras retrocedo hacia la puerta. ¿Qué voy a preguntarle?—. Creo que ya está. Gracias por la información.

—No hay de qué. —El señor DioGuardi me acompaña hasta la puerta con una sonrisa de sincero alivio—. Me alegro de que hayamos hablado.

VEINTITRÉS

—Es inaceptable y punto —anuncia mi madre por la noche en la cocina, haciendo tal ruido de ollas y sartenes que parece que se esté planteando formar un conjunto de percusión—. Lo digo en serio. Estoy harta. Iré a verlo y le meteré la bota por el culo hasta que pueda abrir la boca y leer el logo de L. L. Bean en el espejo. Luego, llamaré a un abogado.

—Dyana… —dice mi padre, encaramado a la mesa de la cocina. Se le oye un poco cansado. Me estremezco al ver las bolsas que tiene debajo de los ojos—. Tampoco te pases.

—¿Que no me pase? —replica mi madre, abriendo de golpe la nevera y blandiendo un envase de poliestireno de pavo picado como si fuera un arma—. Pero ¡qué tonterías dices! Francamente, no creo que tenga nada de malo enseñarle a una hija que está bien enfadarse por las injusticias. —Suelta el pavo, que cae en la sartén con un impacto húmedo—. Como esta.

—Nadie está diciendo que no sea una injusticia —señala

mi padre al levantarse para controlar las patatas en el horno—. Lo único que digo es que no veo que la violencia ayude a...

—Es violencia metafórica, Dan. —Mi madre hace una mueca al clavar una cuchara de madera en el pavo picado—. Casi del todo.

—Chicos —protesto sin fuerza—, por favor, que ya lo arreglaré.

Mi padre se restriega la cara con una mano.

—¿Puedes cambiarte de clase? —me pregunta—. Tengo la impresión de que debería ser el primer paso, ¿no?

Me lo pienso mientras muerdo la punta de una zanahoria *baby*, sorprendida de que suene tan sencillo lo que dice. La verdad es que lo sería. A la misma hora, y a dos aulas de distancia, hay una asignatura de inglés no preuniversitario. Ahora mismo están leyendo *El arte de la defensa*. Seguro que estaría bien.

Respiro hondo.

—No —contesto con toda la tranquilidad de la que soy capaz.

Mi madre arquea una de sus pobladas cejas.

—¿Por qué no?

Me encojo de hombros, mientras me pongo en la boca el resto de la zanahoria y mastico con fuerza.

—Porque entonces gana él.

Se quedan ambos callados, mirándose a través de la cocina. Creo que podría ser preocupación. U orgullo. Mi madre deja la cuchara de madera en la encimera y se acerca para pasarme un brazo por la cintura.

—Ve a buscar a tu hermana —dice, soltándome después de un apretón—, es casi la hora de cenar.

Esa misma noche, un poco más tarde, mientras termino los deberes, llega Gracie al galope por el pasillo, se aferra al marco de la puerta e irrumpe en mi cuarto, larguirucha y con las uñas pintadas de un azul muy vivo con purpurina.

—Está aquí un chico que ha venido a verte —me informa.

—¿Qué? —Tenía puestos los auriculares, en un intento de aislarme del mundo. Ni siquiera he oído que llamaran al timbre—. ¿En serio?

—Sí —contesta, entusiasmada—. Y está bueno.

—Dios mío.

Me miro el pelo en el espejo —grasiento, como siempre al final del día, pero ahora no tiene remedio—, me doy un poco de bálsamo ChapStick y bajo.

Al lado de la puerta de entrada está Gray, con las manos en los bolsillos de sus pantalones de chándal demasiado grandes, hablando animosamente con mis padres de *Todos deberíamos ser feministas*, que es el libro que analizaremos este jueves en el club de lectura. A mi madre se la ve colada al cien por cien, y a mi padre perplejo, también al cien por cien.

—Ah —digo alegremente—, ya habéis conocido a Gray.

Mi madre levanta las cejas.

—Pues sí —me dice con un tono que refleja el hecho incontestable de que no lo he mencionado ni una vez.

«No creía que fuera de verdad», me gustaría explicarle, aunque al ver aquí a Gray, como un gigante bondadoso en el minúsculo recibidor, vuelvo a pensar en lo equivocada que estaba.

Mi madre da la impresión de que estaría encantada de pasar el resto de la noche viendo con Gray la conferencia de la autora Chimamanda Ngozi Adichie para TED, pero por suerte mi padre le pone una mano en el brazo.

—Estábamos a punto de subir —dice—. Si os interesa, hay helado en el congelador.

—Perdona —dice Gray con una mueca en cuanto nos quedamos solos en el recibidor—. ¿Está bien que haya venido? No quería darte problemas ni nada.

Sacudo la cabeza.

—No, no, qué va, tranquilo. No son padres de esos.

En cambio, sí que son de los que seguro se habrán quedado allí mismo con la esperanza de oír, sin querer y queriendo, lo que decimos, así que descuelgo mi abrigo del perchero, que está a rebosar, me lo abrocho por encima de las mallas y la sudadera del Bridgewater y salimos al porche.

—Bueno, ¿qué tal? —pregunto con las manos en los bolsillos, tiritando un poco; los eneros de Massachusetts son brutales, con temperaturas de dos dígitos bajo cero y vientos de esos que silban sin parar, agrietándote la cara y haciendo que te den pinchazos dentro de los oídos—. ¿Todo bien?

—Sí, perfecto. —Se encoge de hombros—. Supongo que es que quería ver cómo estabas. No porque piense que no te sabes cuidar sola, ¿eh?, pero quería asegurarme de que siguieras con ánimos después de… —Deja la frase a medias, un poco cohibido—. Ya me entiendes.

Levanto las cejas y sonrío.

—Podrías haberme mandado un mensaje —observo.

Asiente con la cabeza.

—Es verdad, pero no quería.

—¿Ah, no? —Se me ensancha la sonrisa sin querer. Nunca había conocido a nadie así—. ¿Por qué?

Gray me roza un poco el borde del abrigo con las puntas de los dedos.

—Sabes por qué.

—Bueno, pues me alegro de que hayas venido. —Me miro las zapatillas de peluche, en un arranque de timidez—. Te diría que estoy bastante bien. Sí que es verdad que tengo la impresión de haberme equivocado más que nunca en la vida, pero aparte de eso genial.

—No te has equivocado —dice enseguida Gray—. Bueno, vale, para mí es muy fácil decirlo, pero no creo que decir la verdad sea nunca una equivocación.

Lo más probable es que tenga razón en lo de que es fácil decirlo, pero se agradece la intención.

—Puede ser —reconozco, pero luego me acuerdo de cómo me ha mirado Chloe esta mañana, también de los susurros que me han perseguido por el pasillo—. Lo que pasa es que tengo la impresión de que la verdad no ha servido de nada; de que por toda esta mierda me he abierto en canal, me ha observado y juzgado todo el mundo, y en el fondo no ha cambiado nada.

Gray se lo piensa.

—Puede —dice—, pero a ti en cierto modo sí que te ha cambiado, ¿no?

Me quedo callada, pensativa, dando vueltas a sus palabras. Por un lado, la situación no tiene nada de positivo. Vaya, que no me alegro de que haya ocurrido. Por el otro, supongo que es cierto que me he vuelto más fuerte que hace un par de meses. Es verdad que ahora veo las cosas de otra manera.

—Puede ser —repito con un escalofrío, por lo gélido que está el aire aquí fuera.

—Ven —dice Gray.

Al principio pienso que va a besarme, pero solo me rodea con los brazos. Nos quedamos un buen rato sin movernos, a la luz de la lámpara del porche, mientras se oye el lamento del viento invernal por la calle vacía.

VEINTICUATRO

Casi no duermo en toda la noche. Por la mañana, de camino al instituto, me como un gofre Eggo a medias y sin ganas y dejo que se enfríe el café en el portavasos. Por muy dispuesta que estuviera a llegar hasta el final ayer en la cocina de mis padres, esta mañana de lo único que tengo ganas es de salir corriendo por la puerta y perderme en el bosque de detrás del campo de fútbol americano. ¿Cambiarme de grupo? Ni hablar, pienso hecha polvo. Tal como están las cosas, estoy por probar la educación en casa hasta el final de curso.

Gray me encuentra en el pasillo antes de la tercera hora.

—Hola —dice, apretándome la mano—. ¿Cómo vas?

—¿Yo? —Primero me pongo la sonrisa más falsa del mundo, pero luego, al darme cuenta de que a quien tengo delante es a él, dejo que se convierta en una mueca exagerada, con los ojos bizcos, enseñando los dientes—. Genial. ¿Por qué, no lo parezco?

—¡Y tanto! —contesta él con teatralidad, haciendo que choquen nuestros hombros.

Entramos y nos sentamos en nuestros sitios. Al caminar entre las mesas me digo que los murmullos que oigo son imaginaciones mías. Chloe, mientras tanto, ni me mira.

—Hola —digo, tocando su silla con el pie desde el otro lado del pasillo.

Después de una sonrisa aún más falsa que la mía de antes a Gray, vuelve a fijarse en su agenda de viñetas. Yo suspiro y saco el cuaderno de mi mochila.

Suena el timbre de principio de clase sin que haya llegado Bex al aula. Me permito un segundo de esperanza, pensando que igual se presenta el tonto del señor Haddock, pero al cabo de un momento cruza Bex la puerta con tranquilidad y su taza reutilizable de café en una mano. Es muy posible que estuviera en el pasillo, esperando el momento más indicado para hacer su entrada.

—Ya está aquí —dice Dean en voz alta, repantingado en su silla junto a la ventana—. Tío, ya me pensaba que nos habías abandonado.

A Bex se le marca el hoyuelo en la mejilla, todo naturalidad.

—¿Yo? —pregunta con toda la inocencia del mundo—. Jamás.

Lleva unos chinos oscuros y una de sus típicas camisas de cambray, con un nuevo corte de pelo que hace que parezca todavía más joven que de costumbre.

—Bueno, a ver: ¿ayer conseguisteis aprender algo o no gran cosa?

Pasa lista y, después de hacer la pregunta de siempre, la de si últimamente alguien ha leído algo bueno, abre sin el menor preámbulo un debate pormenorizado sobre un cuento de Joyce. Lo más raro es lo implicados que están todos. Dean

Shepherd dedica al simbolismo del relato unos comentarios de una perspicacia sorprendente. Chloe levanta la mano unas mil veces. No sé qué me esperaba, pero desde luego esto no. Parece que Bex quiera volcarse en cuerpo y alma en reinstaurar la normalidad, y que todos hayan decidido secundarlo. La sensación que tengo es la de estar loca de remate, pero sobre todo estoy furiosa, con una rabia de esas que podrían provocar un incendio y generar el suministro eléctrico de toda una ciudad; una rabia que se burla de los límites de mi autocontrol de buena chica. «¿Por qué no le importa a nadie lo que pasó? —tengo ganas de gritar tan fuerte que tiemblen las ventanas—. ¿Por qué no le importo yo a nadie?»

Me pongo a garabatear en los márgenes de mi cuaderno, rezando por que Bex no me interpele para demostrar que está todo bien entre los dos. Cuando se acaba la hora, es como si hubieran pasado años.

—Bueno, pues por hoy ya está —dice Bex cuando suena el timbre—. Marin, ¿puedes quedarte un momento? Que sí, que sí —responde al concierto de bufidos y risitas al fondo del aula, sacudiendo la cabeza—. Venga, animales, id saliendo.

Me sobresalto y me lo quedo mirando boquiabierta mientras se vacía el aula. Bueno, no del todo: Gray se queda apoyado en el marco de la puerta, con la mochila colgada de uno de sus anchos hombros, como si esperase el autobús de línea.

—¿Qué haces? —pregunto, mirándolos a él y Bex.

—Voy a quedarme —anuncia.

—Estoy bien —miento—. Vete.

Sacude la cabeza. Es más alto que Bex, y más ancho. Ocupa casi toda la puerta.

—No, aquí estoy bien.

Sé que lo hace con buena intención, pero es como si marcara el territorio con un círculo de pipí a mi alrededor.

—Vete —le digo con los dientes apretados—. En serio, Gray.

Al final se va, pero antes le lanza una mirada a Bex capaz de arrancarle la corteza a un árbol.

—Hasta la hora de comer, Marin —se despide.

Bex lo mira un momento antes de girarse hacia mí.

—¡Bueno! —dice con falsa alegría y la misma sonrisa tímida de la otra vez—. Parece que está claro lo que piensa de mí tu amigo Gray.

Al dar un paso hacia atrás, mis piernas chocan torpemente con un pupitre.

—No, si solo…

—Lo digo en broma —contesta él, levantando las manos. Luego hace una mueca—. Bueno, Marin —dice, sentándose al borde de su mesa—, ¿qué te parece si ponemos… el contador a cero?

—¿El contador a cero? —repito como tonta. No es… lo que me esperaba que dijera—. ¿Entre nosotros, te refieres?

—Sí. —Estira entre los pulgares una goma elástica que estaba en la mesa—. Mira, me sabe mal haber sido tan duro con lo del trabajo.

Un momento… ¿Qué?

—No era por el trabajo —suelto, un poco horrorizada. ¿Qué pasa que él se piensa que sí? Joder—. Vaya, que no fui a ver al señor DioGuardi solo porque…

—No, no, no, claro que no —dice Bex sin dejar de jugar con la goma—. Tampoco es lo que estoy diciendo.

«¿Pues entonces qué estás diciendo?», me dan ganas de preguntar, pero nada más pensarlo intuyo que sería una imprudencia enorme discutir. Pienso en cómo me mira todo el mundo desde ayer por la mañana y en el señor DioGuardi y en «igual la que se confundió fuiste tú».

—Vale —digo finalmente, mientras voy muy despacio hacia la puerta. Me late muy fuerte el corazón—. Mmm… Pues sí, estaría genial poner el contador a cero.

—Perfecto. —Ahora Bex sí que deja caer la goma en un bote de la mesa, antes de levantarse—. Me alegro de oírlo.

—Vale —repito—. Pues… gracias.

—De nada —asiente con un gesto escueto y formal—. Que tengas un buen día.

Me cuelgo la mochila del hombro y salgo pitando del aula. Al otro lado del pasillo está Gray, apoyado en unas taquillas, con los tobillos cruzados.

—¿Cómo ha ido? —pregunta, poniéndose derecho.

Me busca la mano. Yo me encojo de hombros, con una curiosa reticencia a hablar del tema.

—Bien, no sé…

—¿Bien en plan de que se irá a vivir a Saskatchewan y no volverá a hablar nunca contigo?

—No, bien en plan… —Sacudo la cabeza, luchando contra un ataque de irritación. Ya sé que solo intenta apoyarme, pero necesito un momento a solas para buscarle algún sentido a lo que acaba de pasar—. Da igual.

—Eh, no, explícamelo.

Me pone una mano en el brazo, pero me lo quito de encima con un encogimiento de hombros más brusco de lo que quería. Retrocede con las manos en alto.

—Perdona. —Me siento como una botella de refresco recién agitada, como si pudiera explotar de la peor manera solo con que alguien me mirase mal—. Creo que necesito un poco de aire fresco.

—Marin… —Frunce el ceño—. ¿No vienes a comer?

—No tengo hambre —digo—. Luego nos vemos, ¿vale?

Me voy por el pasillo sin esperar a que conteste. Estoy tan concentrada en alejarme de él que cruzo la mitad del edificio antes de darme cuenta de que ni siquiera sé adónde me dirijo. Es como si no pudiera esconderme en ningún sitio. Hace dos meses habría puesto la directa hacia la redacción de la revista, para tirarme en el sofá y desahogarme un buen rato, seguramente con el propio Bex. Me sorprende una barbaridad darme cuenta de que lo echo de menos, o como mínimo a la persona que creía que era. De repente me da una rabia enorme que eso también me lo haya quitado.

Al final pongo rumbo al laboratorio de biología, donde está la profesora Klein corrigiendo exámenes en su mesa y comiendo mantequilla de cacahuete directamente del tarro con una cuchara.

—Hola, Marin. —En sus facciones se refleja una fugaz sorpresa—. ¿Estás bien?

—¡Sí, sí! —contesto—. Es que…

No sigo, concentrada en justificar mi presencia con alguna excusa verosímil sobre el club de lectura, pero no se me ocurre ninguna.

No parece que le haga falta.

—¿Quieres que hablemos? —pregunta sin levantar la voz, dejando el bolígrafo sobre la mesa—. ¿Sobre… el tema del que habla todo el mundo?

—Mmm —digo y me esfuerzo por mantener un tono neutro. Alucino de que lo sepa hasta la profesora Klein—.

La verdad es que no. ¿Puedo…? No sé, quedarme un rato aquí…

La profesora Klein señala los bancos del laboratorio con un gesto de la cabeza.

—Sí, claro —contesta sin alterarse lo más mínimo—. Siéntate.

VEINTICINCO

Si no está reservada la terraza cubierta para una despedida de soltera o un bautizo, las tardes de los fines de semana en Niko's destacan por la escasa afluencia de clientes, malas noticias para las propinas, pero buenas en el sentido de que tengo cuatro largas y aburridas horas para intentar suavizar las cosas con Chloe. Nos hemos estado evitando desde la vuelta de las vacaciones. Bueno, mejor dicho, es Chloe quien me ha evitado. Las pocas veces que he ido a la cafetería estaba comiendo con unas chicas del club de teatro. El siguiente número del *Beacon* hemos estado preparándolo juntas vía *e-mails* en cadena sumamente tensos y corteses.

Al llegar al restaurante, sin embargo, veo que quien está enrollando los cubiertos con las servilletas es Rosie, la monosilábica prima de Chloe, con sus dedos cargados de anillos y su *piercing* de diamante en la nariz.

—Ha cambiado su horario —me explica Steve cuando se lo pregunto, un poco incómodo—. Algo de un nuevo club.

Sinceramente, lo dudo —es sábado—, pero si con alguien no pienso discutir es con su padre. Hago el turno con esfuerzo, y luego me paso por Sunrise con dos recipientes de plástico llenos de *baklava* debajo del brazo. Uno se lo dejo a Camille en el puesto de enfermeras. Con el otro, subo a la habitación de la abuela y nos sentamos en el sofá, con la ventana entreabierta para que entre un poco de aire fresco, quitándonos trocitos de hojaldre del regazo.

—Ah, Marin, ¿sabes qué? —dice ella de repente, mientras se levanta y va al armario. Lleva una chaqueta de punto y unos pantalones de *sport*, y me sorprende por su vivacidad—. Tengo una cosa para ti.

Se me arquean las cejas.

—¿Para mí?

—¡Sí!

Se pone de puntillas y busca un rato por las estanterías de arriba, hasta que se gira con una caja forrada de tela de esas que venden en las tiendas de material para manualidades. Al hacer el traslado desde su casa de Brockton debimos de mover como cien, llenas de viejos papeles, recordatorios y mechones de pelo un poco siniestros de cuando eran pequeños mi madre y mis tíos. Cuando la trae al sofá y levanta la tapa, veo que está llena de fotos, pero no las de los setenta que estoy acostumbrada a ver, las de mi madre yendo en bici con coletas y mis tíos con el pelo rizado hasta los hombros. Estas son más antiguas: mi abuelo en la ceremonia de graduación del instituto, solemne y serio hasta de adolescente, el estrecho edificio de ladrillo del North End donde pasó su infancia mi abuela y...

—¿Esa eres tú? —me sorprendo al sacar una foto descolorida y levantarla hacia la luz.

—¡Pues claro, quién va a ser! —Se ríe la abuela.

Es su pelo, castaño y lustroso, pero nunca se lo había visto tan largo. Está en un parque muy verde, rodeada de gente, con pantalones de campana, gafas de sol enormes, camiseta blanca sin mangas y un collar de cuentas muy aparatoso en el profundo escote en uve. Con los brazos en alto y la boca abierta en pleno grito, da una imagen de ferocidad.

—¿Qué es…? ¿Qué estás…? —No sé ni por qué pregunta empezar—. ¿Es en la ciudad?

La abuela asiente.

—En el Boston Common —responde—. Fui en autobús con unas amigas a una manifestación por los derechos civiles. A tu abuelo casi le da algo.

—¿No quería que te manifestaras? —pregunto con las cejas en alto.

—Bueno, tampoco lo diría exactamente así. —Me quita la foto de las manos y se la queda mirando—. Yo creo que estaba preocupado por mí.

—Bueno, si es cuando te detuvieron, supongo que estaba en su derecho.

Hace un gesto con la mano.

—Por favor… —dice, sonriendo con suficiencia—. Para empezar, no es la manifestación donde me detuvieron. Por otra parte, quizá «preocupado» no sea la palabra. Lo que pasa es que teníamos orígenes distintos. Él no siempre entendía que me parecieran importantes ciertas cosas, o que reaccionase como reaccionaba. —Sonríe mirando la foto, casi para sus adentros—. Ahora, que esforzarse se esforzaba, eso es lo más importante.

Pienso en Gray. Con él tampoco he hablado mucho estos últimos días, y me da muy mal rollo haber dejado las cosas como las dejamos fuera del aula de Bex. Ya sé que solo lo hizo por cuidarme. Lo que no supe fue explicarle lo importante que me parecía cuidarme yo sola.

Justo cuando voy a preguntarle a la abuela qué le parece que debería hacer con Gray, llama Camille y asoma la cabeza.

—Buenísimo, el *baklava* —me informa sonriendo—. ¿Qué, cómo estáis?

—De maravilla —dice la abuela con una gran sonrisa, manteniendo la caja en equilibrio sobre su estrecho regazo—. Ha venido a verme mi hija.

—Nieta —le recuerdo suavemente.

—Claro, claro —dice ella—, mi nieta. Esto…

Se queda callada, con destellos de pánico en su expresión, y veo que ha perdido el hilo.

—Marin —le digo, intentando que no se me note. Nunca se le había olvidado mi nombre. Pura casualidad—. Aunque Camille y yo nos conocíamos, ¿te acuerdas?

—Somos viejas amigas —dice Camille, pero su tono, a pesar de la sonrisa, es un poco cauto. Nos mira varias veces a las dos—. Si me necesitáis para algo me avisáis, ¿vale?

—Claro —le prometo, sonriendo yo también.

El lunes por la mañana, antes de la primera hora, mientras espero en el laboratorio de biología, aparece Gray en la puerta y pone cara de perplejidad al encontrárselo vacío.

—Hola —dice, mirándome—. ¿He llegado demasiado pronto?

Sacudo la cabeza.

—No, puntualísimo —contesto.

Asiente despacio.

—Es que esta mañana había un mensaje pegado con celo

en mi taquilla —explica con un amago de sonrisa en las comisuras de los labios—. Ponía que antes de la primera hora había una reunión urgente del club de lectura. ¿Tú sabes algo, por casualidad?

Ladeo un momento la cabeza, como si pensara.

—Puede que la tengas delante —reconozco, levantando la caja de Dunkin' Donuts que he comprado de camino.

—Ah. —Ahora sonríe de verdad, enseñando los dientes, blancos y rectos, mientras pone cara de vergüenza—. Al venir para aquí me he estado preguntando de qué podía ir una reunión urgente de un club de lectura, pero, bueno, he pensado que al ser nuevo y no enterarme de nada…

—Cabría la posibilidad de que hubiera surgido alguna cuestión literaria de resolución urgente —protesto, riéndome, y sacudo la cabeza—. Me sabe mal haber perdido el otro día los papeles fuera del aula de Bex —me disculpo.

Resopla por la nariz.

—¿Eso era perder los papeles? —pregunta y se sienta a mi lado en el sofá medio hundido.

Me encojo de hombros.

—Ya me entiendes.

Él asiente con la cabeza.

—Oye, que me lo puedes decir, ¿eh? —contesta apoyando la cabeza en los cojines gastados—. Si necesitas espacio, digo. Ya sé que a veces puedo ser un poco cargante. Solo tienes que decirme: «Con todo respeto, Gray, vete a la mierda». Así de fácil.

—Pero con respeto, claro. —Me río.

—Es la clave del éxito en cualquier relación —replica.

—¿Ah, porque lo nuestro es eso, una relación? —pregunto antes de poder pensármelo.

De repente la luz de los fluorescentes del techo me parece muy cruda. Gray levanta las cejas.

—Dímelo tú.

Me muerdo el labio. Por un lado, mentiría si dijese que no siento nada por él, que estar con Gray no enciende algo en mi interior y que no se me hincha el corazón en el pecho como un globo. Por otro lado…

—A mí no me pareces cargante —le digo finalmente, aunque en el fondo no es una respuesta—. Bueno, vale, sí que puedes serlo. Pesado, digo, pero en el buen sentido. —Le cojo la mano y noto el suave roce de los callos de su palma—. Nunca te diría que te fueras a la mierda. Bueno, a ver, ni a ti ni a nadie, seamos realistas, pero a ti, concretamente, menos.

Sonríe.

—Demasiado educada, ¿eh?

—Por ahí va la cosa —contesto.

—Bueno, nunca se sabe —dice—. Igual te sorprendes a ti misma, y un día de estos te da por mandar a la mierda a todo el mundo.

—Igual. —Enseño la caja de dónuts—. ¿Una ofrenda de paz?

—Más vale que haya bollos rellenos —dice, entonces me besa antes de que pueda contestar.

VEINTISÉIS

El viernes por la mañana en los baños que hay cerca del gimnasio, veo que se abre la puerta del de al lado y sale Chloe.

—¡Ay, perdona! —digo, señalando los grifos. En este baño solo hay dos, y en uno no hay presión—. Pasa, pasa.

Chloe hace saltar su pelo rubio al sacudir la cabeza. Hoy el pin del cuello de su uniforme tiene forma de palmera.

—No, tú primero —dice.

—Que no, de verdad.

—Marin… —responde con un punto de impaciencia—. Pasa tú, ¿vale?

—Vale, perdona.

Me lavo las manos a la mayor velocidad posible, con la nariz arrugada por el olor del jabón verde barato, y saco del dispensador una toallita de papel.

—Y ¿qué tal? —pruebo a decir, con la intuición de que podría ser un buen momento—. ¿Cómo va el día?

Como manera de entablar conversación es bastante penosa, algo que queda sobradamente claro en la expresión de Chloe.

—Bien, no me puedo quejar.

—Me alegro.

Me bajo las mangas del jersey del uniforme. La idea de que podamos estar siempre así de tensas, sin nada que decirnos, me da ganas de gritar. «Eh, que soy yo —me gustaría decirle—. Sigo siendo la de siempre.»

—Oye —le digo—, que ya me imagino que no, pero esta noche hay una quedada con comida del club de lectura, por si te interesa.

Parpadea, mirándome.

—¿Una quedada? —repite.

—Ya, ya lo sé. —De repente me quedo cohibida de que lo digamos tan serias, cuando es el tipo de cosa del que hace tres meses nos habríamos reído—. Muy sofisticado no es que sea, pero, bueno, puede tener su gracia, ¿no? Y como no hace falta ser del club de lectura…

Chloe asiente despacio.

—Mmm… Gracias —dice—. Tengo otros planes, pero suena divertido.

Hago una mueca. «Otros planes». Ni que fuéramos dos simples conocidas que coinciden en el metro, y se estuviera escaqueando de una invitación a un grupo raro de catequesis, en vez de ser la persona que mejor me conoce y desde hace más tiempo, la que siempre me acompaña a un baño individual cuando salimos juntas y en cuya casa he vomitado dos veces en días separados.

—Bueno, nada —le digo—, pues otra vez será.

—Eso —contesta, acercando la cara al espejo para volver a pintarse los labios.

Salgo sin que nos hayamos dicho nada más.

Cuando acaba Gray su entrenamiento, caminamos de la mano a la quedada, la suya más grande, la mía más pequeña. Siempre me ha gustado estar en el instituto cuando fuera es de noche. Da una sensación peculiar, como de fiesta. Lydia y Elisa han adornado el laboratorio de biología con papel de colorines colgado sobre la pizarra. Hay varias mesas juntas con un mantel de plástico morado encima. Gray ha traído *brownies* de una de sus madres, rellenos con nueces, trocitos de caramelo en la masa y escamas de sal marina por encima. Dave, que ha pasado por el McDonald's, trae como cinco docenas de McNuggets de pollo, y el padre de Chloe me ha mandado un recipiente enorme de albóndigas de cordero con salsa de yogur del restaurante. Hasta la profesora Klein ha traído algo, a pesar de lo que dice siempre de que no enciende el horno: unos *crostini* muy pequeños con crema de queso de hierbas para untar y mermelada de mora de la cara.

Es la primera vez que se reúne todo el club sin un libro concreto del que hablar. Tenía miedo de que fuera incómodo, como al principio, sin embargo compruebo con sorpresa que se oyen varias conversaciones a la vez: Bri y Maddie, las del grupo de *jazz* de primero, que vienen desde el principio, están debatiendo si el papel de animadora deportiva es intrínsecamente sexista, mientras que Dave y Gray están haciendo una *playlist* fiestera en el móvil del segundo.

—Esta tiene obsesionado a mi novio —dice Dave dándole al *play*, creo que es lo nuevo de Halsey.

Dave sale con un chico monísimo, uno del equipo de atletismo que se ha dejado caer en un par de nuestras reuniones y que estaba increíblemente versado en teoría feminista en el cine.

—También es importante plantearse en qué sentidos quedan fuera del debate las mujeres de color —está diciendo la profesora Klein cuando me acerco a la mesa de los postres—. Cuando la gente dice que las mujeres ganan setenta y siete centavos por dólar, por ejemplo, se refieren a las blancas. En el caso de las negras son sesenta y tres, y en el de las latinas todavía menos.

—Cincuenta y cuatro —tercia Elisa desde el otro lado de la sala, antes de seguir hablando con Fiona Tyler (una de primero que se apuntó hace dos semanas al club) sobre un programa musical de CW que les gusta a las dos.

—Sin ánimo de ofender —dice Lydia, cruzando los tobillos y echándose hacia atrás sobre la mesa donde está sentada—, cuando se habla de feminismo, o de lo que sea, tienes la impresión de que las mujeres blancas siempre quieren que la conversación gire en torno a ellas. Es como si solo se tuvieran que oír sus ideas o sus prioridades.

Mi reacción inicial es ponerme a la defensiva. Yo eso no lo hago, ¿no? Después respiro y pienso en lo que creía saber de feminismo antes de poner en marcha el club de lectura. Soy consciente de que me queda un montón que aprender.

—No te digo que no —reconozco—. Por ejemplo, recuerdo haber leído un artículo donde explicaban que el nombre original de la Marcha de las Mujeres era una copia de la Marcha del Millón de Hombres, y que cuando lo denunciaron unos activistas negros, se ofendieron varias mujeres blancas.

—Sí, sería un ejemplo —dice Lydia, aunque se le nota en la cara que no le parece de los más importantes, al contrario—. La cuestión de fondo, en todo caso, es que muchas blancas tienen la idea de que el feminismo puede separarse de la identidad racial, o sexual, o la que sea, y no. Si te metes, te metes de lleno, ¿me explico?

—El ensayo de Audre Lorde del que hablaremos la semana que viene es un ejemplo insuperable de cómo se entrecruzan y condicionan mutuamente varias identidades y marginalizaciones —dice la profesora Klein mordisqueando el borde de un *brownie*—. De ella ya habéis puesto *Her Body and Other Parties* en la lista de libros que os podría interesar analizar, ¿no?

—Ese libro es genial —añade enseguida Gray—. Encima es tope gore.

Lo miro, sorprendida.

—¿Lo has leído?

Se encoge de hombros.

—Me lo dio mi madre porque le dije que me gustaba Stephen King.

A partir de ahí vamos saltando de un tema a otro: desde *Cementerio de animales* hasta quién ha comprado entradas para la fiesta oficial de invierno y con quién irán; desde la nueva serie de hombres lobo que acaban de estrenar en Netflix hasta una breve biografía de Ida B. Wells que consulta Fiona en su móvil cuando Dave confiesa que no sabe quién es. Justo cuando está acabando Fiona de leerla, me fijo en que Gray está mirando disimuladamente sus mensajes.

—¿Has quedado con alguien? —le pregunto con un suave golpe en las costillas.

Sacude la cabeza.

—Hay una fiesta en casa de Hurley Dubcek —reconoce—. Iba a preguntarte si te apetecía ir después de esto, pero no quería que pensaras que no quiero estar aquí. —Mira a su alrededor—. Sí que quiero —dice con la misma determinación que si se presentase a un cargo político—. Quiero estar aquí.

—Vale, vale, señor feminista —digo con una palmada en el hombro, para tranquilizarlo—. Te creemos.

—Ah, pues yo a esa fiesta también pensaba ir —interviene Lydia—. Si alguien quiere que lo lleve en coche…

Se hace un silencio incómodo en el que nos miramos todos, pero sin que nadie quiera ser el primero en rajarse.

Al final la profesora Klein pega un bufido.

—Fuera de aquí —ordena antes de meterse una última albóndiga en la boca y ponerle la tapa al recipiente—. Nos vemos la semana que viene.

VEINTISIETE

Hurley Dubcek vive en una de esas casas que son la esencia misma de Massachusetts, esas que llevan allí desde tiempos coloniales, con tejado a dos aguas muy en punta y sin un verdadero porche delantero, quizá porque tenían que hacer tanta mantequilla que no les quedaba tiempo para según qué cosas. Al cruzar el estrecho corredor, pasamos al lado de una vitrina con porcelana antigua. La manera que tiene de temblar la vajilla no presagia nada bueno.

—En este tipo de sitios siempre me siento como un puto monstruo —murmura Gray por encima de mi hombro.

Yo asiento.

—Estaba pensado exactamente lo mismo sobre ti.

Me mira, simulando indignación en sus armónicas facciones.

—¡Qué maleducada!

Yo le sonrío.

—Era broma. —Le cojo la mano por detrás, entrelazando nuestros dedos, y se la aprieto una vez antes de soltarla—. Vamos.

En la cocina sacamos dos latas de cerveza caliente de un *pack* de treinta, mientras vemos que Elisa toma una Coca-Cola Light de la nevera para Lydia y arrastra a Dave hacia el jardín. Gray silba entre dientes.

—Cuidadito con el club de lectura —dice sonriendo. Al final han acabado viniendo casi los de la quedada al completo. Íbamos todos en la camioneta de la madre de Lydia, con las ventanillas bajadas, cantando a pleno pulmón lo que ponían por la radio—. Que tiemble la fiesta.

—Me ha sorprendido que esta noche se hayan presentado todos —reconozco al cruzar la multitud hacia el salón, donde alguien ha apartado un sofá de piel con pinta de tener cien años para poder bailar sobre el suelo de madera nudosa—. Me refiero a la quedada. Si quieres que te diga la verdad, también me sorprende que vengan a las reuniones, pero ya me entiendes…

—Más o menos. —Gray se encoge de hombros y apoya la cabeza en la pared, entre dos grabados botánicos de aspecto antiguo—. En todo caso, si vienen es porque estás tú.

Me río.

—Habla por ti.

—Lo digo en serio —contesta con el ceño fruncido—. No soy el único. Mola mucho lo que has organizado.

—Bueno… —De repente me corto y miro el salón, donde Dean Shepherd intenta esbozar unos rudimentarios pasos de *pop and lock* al lado de la enorme chimenea—. Gracias.

—No hay de qué. —Gray levanta la barbilla—. ¿Te apetece bailar?

Levanto las cejas.

—¿Y a ti?

—A mí siempre. —Me arrastra de la mano hacia el salón—. Vamos.

Nunca había conocido a nadie que bailara con tanto entusiasmo como Gray, lo cual no significa que lo haga bien, en absoluto: mueve los brazos sin ton ni son, con movimientos torpes y descoordinados. Tengo curiosidad por saber cómo se vive sin que te importe lo que piensen los demás; aunque claro, si eres una estrella del *lacrosse,* mides más de metro ochenta y tienes fama de ligar, seguro que no cuesta tanto.

De todos modos, esta noche no me apetece pensar en eso. Cierro los ojos, me suelto el pelo y dejo que me haga girar Gray, disfrutando con su olor a bosque en invierno y con la presión de su pecho en la espalda.

Al cabo de un rato viene Dave a buscarnos para un *beer pong* del club de lectura. Quedamos fuera, pero antes doy un rodeo por el baño, que está encajado debajo de la escalera del recibidor. Muevo el pomo de cristal, que rechina, y cuando abro la puerta por poco no tropiezo con Chloe, que está sentada en las baldosas, con las piernas dobladas.

—¡Uy! —digo, levantando las manos en señal de que vengo en son de paz—. Perdona.

—No pasa nada —masculla ella con la cabeza apoyada en el papel de pared de dibujitos rococó, pelado en varios sitios. Se le ha empezado a correr el rímel, invadiendo el resto de la cara—. Ya me iba.

Se aferra al lavabo con los dedos y se pone en pie sin mucha estabilidad.

—Me... uy...

Se tambalea un poco y se apoya en la pared con la otra mano.

Frunzo el ceño. Conque lo de «otros planes» quería decir esto. No la había visto tan borracha desde el otoño de primero, cuando experimentamos con el licor de melocotón del fondo del mueble bar de mis padres, y a las nueve de la noche acabamos dejando el sótano perdido de vómito.

—¿Te encuentras bien? —pregunto sin poder evitarlo.

—Sí, perfecta —replica ella, justo antes de girarse y potar todo el ponche azul fosforito de la fiesta que tiene en el estómago.

Por suerte consigue echarlo todo en la taza del váter, aunque por poco. Yo me agacho y le recojo el pelo por instinto, como me hizo ella el año pasado, después de la fiesta oficial de primavera, cuando vomité en los arbustos de detrás de su casa. Cabemos de milagro las dos en el baño.

Al acabar, le doy un buen puñado de papel higiénico para que se limpie la boca, meto las manos en los bolsillos y aparto la vista, esperando discretamente a que se recomponga.

—Mmm... —carraspea, mientras se pasa los pulgares debajo de los ojos para quitarse el maquillaje—. Gracias.

—De nada —contesto con una de esas sonrisas de «no tiene importancia» de cuando vas a coger lo último que quedaba de algo en el súper y dejas que se te adelante otra persona—. ¿Te lleva alguien a casa?

Me espero alguna variación tipo «tía, joder, que no eres mi madre», pero se limita a asentir con la cabeza.

—Me acerca Emily —contesta.

Yo también asiento.

—Perfecto.

Nos miramos un momento. Me recuerdo a mí misma que es Chloe, la que me enseñó a hacerme un *cat-eye* sin que se notara demasiado, la que tiene alergia a las manzanas menos si las pasas diez segundos por el microondas, la que es capaz de recitar de memoria toda la segunda temporada de *Parks and Recreation*. La conozco tanto como a Gracie, como a mí misma, pero ahora mismo la sensación es de tener delante a una desconocida.

—Bueno, pues nada —digo finalmente—, que disfrutes de la noche.

—Igual. —Se me queda mirando un buen rato. Se le han despejado los ojos de repente—. Oye, Marin… —empieza a decir, pero se calla de golpe—. No, nada. —Me parece ver el momento exacto en que renuncia a decir lo que me iba a decir—. Ya nos veremos.

—Eh, no, espera. —Yo ya estaba saliendo del minúsculo aseo, pero me paro de repente—. ¿Qué pasa?

Chloe sacude la cabeza.

—Nada, nada —dice mientras se agarra al marco de la puerta para no perder el equilibrio, y sale rozándome—. Ya nos vemos.

Pues nada, supongo que ya está.

Hago pis, me lavo las manos y salgo al jardín, que luce una estatua de un gnomo con una bola de espejo, un pequeño pozo de los deseos, con su manivela y su cubo de madera, y uno de esos estanques decorativos que se pueden llenar de carpas koi japonesas. En este caso, de lo que parece lleno es de barro, más que nada, lo cual no impide que haya mucha gente corriendo a su alrededor mientras se tira una pelota Nerf de rugby de esas de antes, con su aleta al final. Gray y el resto del club de lectura aún están asimilando las reglas del supuesto torneo de *beer pong*, pero de repente lo que menos me apetece es participar en un juego tonto de beber.

—Ya no me divierto —anuncio.

Gray arruga la frente.

—Eso no puedo permitirlo. —Lo siguiente lo dice más en serio—: ¿Va todo bien?

—Sí. —Le sonrío con ganas de explicarle lo de Chloe, pero aquí no quiero—. ¿Te va bien si nos vamos?

No me extrañaría del todo que se pusiera en plan borde, pero no: asiente enseguida, me toma de la mano y nos giramos para irnos, que es cuando oigo que se burla alguien a mi izquierda. Al girarme veo a Jacob. Le cuelga una botella de Coors de los dedos.

—¿Querías algo? —pregunto.

—No, solo estaba disfrutando de ver tanto amor —dice al borde del estanque embarrado.

Está aún más borracho que Chloe, si eso es posible, y mira con una mezcla de dureza y mala intención. Al girarse hacia Gray, su sonrisa repelente deja paso a otra de falsa magnanimidad.

—Tío, no hay problema si quieres mis sobras —dice, arrastrando un poco las palabras—. A Bex tampoco creo que le moleste.

Retrocedo un paso por instinto, igual de impactada que si me hubiera dado un bofetón. Hasta hay un momento en que tengo la horrible sensación de estar a punto de llorar.

—¿Qué acabas de decir? —pregunta Gray.

Su tono es afable, hasta podría decirse que amistoso, pero suelta mi mano y da un paso hacia Jacob, que se queda en su sitio, cuadrando los hombros.

—Ya me has oído —contesta, levantando la cabeza con chulería.

Gray asiente, tranquilo.

—Es verdad —reconoce mientras da dos pasos más hacia él.

Esta vez, Jacob sí que retrocede, pero ha calculado mal lo cerca que estaba del estanque cubierto de algas. Pisa una piedra resbaladiza y, agitando los brazos, se cae de espaldas en el agua fría y pestilente, haciendo un ruido tan fuerte y teatral que se gana los aplausos de la mitad de los asistentes a la fiesta.

Después de mirarlo un momento, Gray se gira hacia mí y sale bastante airoso del esfuerzo de aguantarse la risa.

—Perdona —dice con un tono un poco avergonzado—. Ya sé que no necesitas que te proteja.

Le pongo una mano en cada lado de la cara y le estampo un beso en la boca como sello de aprobación.

—Mira —digo—, creo que puedo hacer una excepción, pero no te acostumbres.

Como aún me queda una hora para tener que volver a casa, pasamos por la de Gray, una de estilo cabo Cod muy pulcra, con rosales al pie de las ventanas, bien tapados con lonas, y en el porche una lámpara en forma de estrella colgada encima de la puerta roja. Dentro se está cálido y huele a incienso de sándalo. Vislumbro la mancha anaranjada de un gato que se escapa escaleras arriba.

—¡Ya he llegado! —anuncia Gray en voz alta mientras cuelga nuestras chaquetas en un gancho, al lado de la puerta.

—¡Aquí! —contesta una voz de mujer.

Me lleva a la sala de estar, cubierta de estanterías en dos paredes y de reproducciones artísticas en las restantes. Hay un sofá de terciopelo azul y delante dos sillones de aspecto arquitectónico. No es como me imaginaba esta casa. Se me debe de notar, porque Gray me da un codazo suave en las costillas.

—¿Te imaginabas que estaría todo decorado en los colores de los New England Patriots? —pregunta.

—Cállate —respondo, aunque no cabe duda de que ya me tiene bien calada—. No.

—Fijo que sí —dice riéndose. Señala las estanterías—. ¿Cómo te creías que había conseguido tan deprisa un ejemplar de *El cuento de la criada*?

Me hace cruzar el salón hasta el cuarto de la tele, donde hay dos mujeres viendo *Brooklyn Nine-Nine* y tomando vino, y otro gato naranja en el sofá que ronronea entre las dos.

—Hola, cariño —dice una, levantando la cara para que Gray pueda darle un beso en la mejilla.

—Esta es Marin —dice él—. Te presento a mis madres, Heather y Jenn.

—¡Conque esta es Marin! —exclama la morena (creo que Jenn) como si hubiera oído hablar de mí.

Sonrío.

—Mamá… —la avisa Gray, ligeramente avergonzado—. Por Dios…

Hablamos un rato del club de lectura y de mis editoriales para el *Beacon*, que también debe de haberles comentado.

—¿Qué tal la fiesta? —pregunta Heather.

—Tirando a aburrida —contesta Gray, aunque no estoy del todo segura de si se refiere a la quedada o a la de Hurley. En todo caso, no explica lo de Jacob y el estanque—. Vamos a buscar un poco de comida y subimos.

—¡La puerta abierta! —dice Heather a nuestras espaldas.

Gray me hace una mueca.

—¡Oído! —contesta en voz alta, luego añade, bajando la voz—: Mamá, por Dios.

—¡Lo hemos oído! —berrea Heather.

Entramos en la cocina, que parece reformada hace poco, con electrodomésticos de acero inoxidable y una ventana grande sobre el fregadero con vistas al jardín.

—¿Te puedo hacer una pregunta? —digo mientras me encaramo a un taburete—. ¿A tus dos madres las llamas «mamá»?

Le hace sonreír.

—Bueno, sí —contesta mientras abre una caja de Cheez-It y saca un puñado de galletitas naranjas—. ¿Cómo quieres que las llame?

—No, lo pregunto en el sentido de cómo las diferencias.

Me mira raro, como si nunca se hubiera parado a pensarlo.

—Bueno, es que solo son dos —contesta—. Y mi hermana siempre sabe… de cuál le hablo, vaya. No sé. Hasta ahora nunca me había planteado que pudiera ser raro, o sea, que gracias.

—De nada —digo con una sonrisa, aceptando la caja de galletitas saladas que me tiende—. Otra cosa que tengo que decir, aunque es evidente que no las conozco, es que no parecen del tipo que pueda emocionarse demasiado con que juegues a *lacrosse* en la universidad.

Entorna un poco los ojos.

—¿En cinco minutos de conversación? —dice con énfasis.

Se nota que le he tocado la fibra.

—Bueno, vale, tienes razón —contesto.

—Lo que pasa es que… quieren que vaya a la universidad y punto. —Se encoge de hombros—. Y si no puedo entrar por notas… —No acaba la frase—. No sé. —Recoge la caja de Cheez-It de la encimera y la usa para hacerme salir de la cocina—. Ya acabaré de pensarlo.

—Seguro —le prometo antes de ir tras él por la escalera.

El cuarto de Gray me sorprende menos que el resto de la casa: paredes blancas, alfombra tirando a azul y una camiseta con la firma de Tom Brady enmarcada sobre el escritorio. La cama está deshecha, y por los bordes sobresale una sábana arrugada de franela. Gray recoge unos calzoncillos del suelo y los mete en el armario, con cara de entre lelo y cortado.

—Perdona —dice—. Si hubiera sabido que vendrías… —Deja la frase a medias, como si se lo pensara—. Bueno, la verdad es que no. Lo más seguro es que hubiera seguido siendo un dejado total.

—Monstruo —le digo en broma mientras miro alrededor, fijándome en los vasos de agua medio vacíos que invaden cualquier superficie disponible, y en los libros de bolsillo para el club de lectura apilados sin orden por el escritorio.

Sobre la cómoda hay una foto de sus madres con un niño en medio, un niño pequeño con el pelo cortado como a la taza, de manera un poco irregular, y los dientes de delante torcidos como un personaje de dibujos animados.

—¡Dios mío! —La cojo sin poder evitarlo—. ¿Eres tú?

—No, qué va —dice enseguida Gray—, es un niño pequeño del que tengo fotos en mi cuarto.

—Cállate —contesto, totalmente incapaz de no sonreír—. Eras muy mono.

—Lo que estaba es… necesitadísimo de ir al peluquero y pendiente de que se gastaran doce mil dólares en ortodoncia —replica Gray, sentándose al borde de la cama y apoyándose en las palmas de las manos—. Esta foto hace que no pierda la humildad.

—Claro, claro —digo en serio mientras cruzo la alfombra para quedarme de pie entre sus rodillas y apoyar las manos en sus hombros, cálidos, anchos y firmes—. Porque si no no cabrías en la habitación, ¿no?

—Totalmente fuera de control —confirma él con una sonrisa—. Entre mis éxitos deportivos, mi expediente académico fuera de lo común…

—Y tus míticas hazañas amatorias —aporto.

—Y encima soy alto —añade, rodeando mi cintura con los dedos para que me acerque más—. Eso que no se te olvide.

—Jamás —murmuro mientras le echo los brazos al cuello y bajo la cara hasta que capta la indirecta y me besa.

Suspiro un poco, con mi boca pegada a la suya. Desde hace unas semanas lo hacemos bastante a menudo para que empiece a parecer normal, pero la emoción sigue siendo como mínimo la misma. Besar a Gray no se parece a nada de lo que había hecho antes. No es que nunca hubiera disfrutado tonteando con Jacob, pero la verdad es que en ningún momento había entendido que le dieran tanta importancia. La mitad de las veces tenía la cabeza en otro sitio —preocupada por haber hecho mal un problema del examen de cálculo de la mañana, repitiendo mentalmente una pelea con mi madre—, aunque creo que Jacob nunca se dio cuenta.

Con Gray me siento tremenda y deliciosamente despierta.

Al final hace que nos tumbemos en el colchón, donde me envuelve un olor a detergente, a dormir y a chico. Aún está abierta la puerta, pero la habitación queda tan apartada de la escalera que el efecto es el mismo que si estuviéramos solos en la casa. Las yemas de los dedos de Gray se deslizan por debajo del borde de mi camiseta y, tras palpar la sensible piel de mi cintura, siguen el borde de mi caja torácica. Me estremezco. Se le abren los ojos de golpe.

—¿Te parece bien? —pregunta con una mirada inquisitiva.

Me aparto y me lo quedo mirando, con un destello de reconocimiento que nunca había sentido.

«Te estoy viendo —tengo ganas de decirle—, y creo que tú a mí también.»

—Sí —contesto—, perfecto.

VEINTIOCHO

El jueves siguiente, como Gray tiene partido de *lacrosse,* voy al club de lectura sin él; esta semana leemos «Edad, raza, clase y sexo», y se me había ocurrido proponer que viéramos el documental de la PBS sobre Audre Lorde, pero al entrar en el aula de la profesora Klein, después de la octava hora, Dave pone cara de sorpresa al verme.

—¿Has venido? —pregunta mientras se saca de la mochila una bolsa de *pretzels* y un bote de salsa de cebolla. Hoy le tocaba a él traer la comida—. ¿Gray no tenía el partido ese tan importante contra Hartley?

—Bueno, sí —contesto, haciendo caso omiso de la punzada de culpabilidad que siento por habérmelo perdido, y que, a decir verdad, llevo sintiendo todo el día—, pero lo entiende.

—¿En serio? —interviene Elisa, dejando su mochila en el suelo y sentándose en un asiento vacío al lado de la profesora Klein—. Es el cole de donde lo expulsaron, ¿no? Parece bastante importante.

—Gracias, gracias —digo mientras saco un par de *pretzels* de la bolsa y los mastico, pensativa—. No sé. Supongo que es que no quería ser de esas chicas. De las que dejan sus obligaciones para ir a animar a un tío.

—A mí no me parece que tenga nada de malo ir a apoyar a una persona que te importa —añade Elisa con la mano tendida para que le dé la bolsa de *pretzels,* sin dejar de mover sus largos dedos hasta que se la paso—. A mi partido vinisteis todos, ¿no?

—Vale, sí —contesto—, pero no era lo mismo.

—¿Por qué, porque Elisa es chica? —pregunta Dave—. ¿Eso no es sexismo a la inversa?

—El sexismo a la inversa no existe, está clarísimo —dice enseguida Lydia.

—Vamos a analizarlo —propone la profesora Klein, entonces deja su libro de ensayos en la mesa como si de repente sospechase que tardaremos un poco en entrar en materia—. ¿Me puede explicar alguien por qué no existe?

—Porque es incuestionable que en nuestra sociedad los hombres tienen más poder que las mujeres —argumenta Maddie con toda naturalidad. La miro sorprendida. Hasta ahora ha estado muy callada en todas las reuniones, pero el tono de su intervención ha sido claro y seguro—. Es como el racismo contra la gente blanca, que no existe.

La profesora Klein asiente.

—El racismo, igual que el sexismo y el capacitismo, son todos estructuras de poder —explica—. Son sistemas de opresión más amplios que cualquier interacción entre personas. Por eso al reflexionar sobre ellos es importante que nos preguntemos qué grupos han mandado históricamente en nuestra sociedad, y en qué medida la organización de nuestras instituciones permite que esos grupos mantengan el poder.

—Imaginémonos, por plantear una hipótesis totalmente al azar —dice Eliza—, un sistema en que el código vestimentario de todo un instituto fuera mucho más restrictivo para las chicas que para los chicos. Eso sería sexismo. En cambio, el hecho de que Marin no vaya al partido de Gray porque intenta demostrar algo...

—Es simple tontería —concluye triunfalmente Lydia.

—¡Eh! —protesto, pero me he puesto a reír.

A fin de cuentas, tampoco es que se equivoquen. Por mucho que me guste el club de lectura, no puedo fingir que hoy no preferiría estar en otro sitio. A pesar de mis esfuerzos por no reconocerlo, Gray me importa y tengo ganas de estar con él para animarlo.

Elisa echa un vistazo al reloj de al lado de la puerta.

—El partido no empieza hasta las cuatro, ¿verdad? —pregunta con las cejas levantadas—. Propongo una excursión.

—¿Todo el mundo a favor? —pregunta Dave.

Se levanta media docena de manos por el aula.

Noto que sonrío.

Hartley solo queda a unos veinte minutos. Las gradas están a rebosar de espectadores y huele todo un poco a vestuarios. Al final también ha venido la profesora Klein, que nos ha seguido en su pequeño Volkswagen. Encontramos todos sitio en el lado del Bridgewater, con las caras un poco verdosas por los fluorescentes.

—¡Ahí está Gray! —dice Maddie, levantando la mano

para saludar mientras nos distribuimos por la parte alta de las gradas.

Bajo la cara para que no se note que he puesto automáticamente los ojos en blanco por su tono de éxtasis, pero al volver a levantarla me encuentro con que me está mirando Gray, y su expresión borra de golpe cualquier sensación rara que pudiera tener por haber venido. Se le ve… No hay otra palabra para describirlo, no solo su cara, sino el calor que surge en mi pecho: encantado.

Aunque haya salido casi un año con Jacob, la verdad es que no tengo la menor idea de cuáles son las reglas del *lacrosse*, pero me gusta ver correr a Gray por el campo; me gusta su agilidad de movimientos dentro del uniforme rojo y dorado, y lo concentrado y guapo que está. Sé que no tiene claro lo de jugar el año que viene con St. Lawrence, pero salta a la vista que si quisiera podría: se le ve la madera de líder en lo naturales que le salen los gritos de ánimo a sus compañeros mientras corre de una punta del pabellón a la otra.

Están ganando los nuestros por tres a dos. Gray se dispone a marcar otro gol, pero uno de los de Hartley apunta hacia él su palo de *lacrosse*, para mí que intencionadamente. Al verlo, Gray intenta esquivarlo, pero no es bastante rápido y de repente tropieza y se cae al suelo con un ruido que se me clava hasta la médula. A mi lado, la profesora Klein se aguanta un grito, de esos que preferirías no oír nunca en una figura de autoridad. Lydia suelta una palabrota en voz baja.

Gray se queda un momento bocarriba, inmóvil. El árbitro pita. Se oye un murmullo en las gradas. Sin darme cuenta ni de lo que hago, me levanto de mi asiento, bajo trepando por los asientos y, después de cruzar la multitud, salgo al campo.

—¡Aquí no puedes estar! —me dice uno de los árbitros, pero no le presto atención.

Normalmente no lo haría —me refiero a llamar la atención de forma intencionada y montar una escena—, pero últimamente me he dado cuenta de lo que sí estoy dispuesta a hacer si hay una causa que lo justifique.

Y Gray lo justifica de sobra.

Llego justo cuando hace esfuerzos para levantarse, rodeado por otro árbitro, el entrenador, que se llama Arwen, y varios compañeros de equipo, todos con cara de preocupación. Ya se le ha empezado a hinchar el tobillo.

—Voy a llamar a una ambulancia —dice el entrenador, sacándose el móvil del bolsillo.

—No, no, no; no me hace falta —protesta Gray.

Sin embargo, cuando intenta ponerse en pie se le cubre la cara de sudor y se queda blanco como el papel.

—Vale —responde con una mueca, dejándose caer otra vez al suelo—. Igual sí.

Parece que es cuando se da cuenta de que estoy.

—Hola —dice.

—Hola —contesto—. ¿Quieres que llame a tus madres?

Dice que no con la cabeza.

—Puedes intentarlo, pero te costará localizarlas —me explica—. Mi madre tiene una clase a última hora de la tarde, y mi madre está en los juzgados.

Me mira, sonriendo sin fuerzas. Está claro que le duele mucho, aunque intente que no se le note.

—¿Ves? Sería una de las veces en que me iría bien tener un nombre diferente para cada una.

A los pocos minutos llega la ambulancia, con un par de sanitarios eficaces que acribillan a Gray con preguntas mientras le mueven suavemente el tobillo en varias direcciones.

Uno de los dos es una mujer que no aparenta muchos más años que nosotros.

«¿Sabes lo que haces? —tengo ganas de preguntarle, estremecida por la mueca con la que evidencia Gray su malestar—. ¿Sabes lo importante que es?».

Parece que al final se ponen de acuerdo en que lo más probable es que lo tenga roto y haya que hacerle una radiografía. Lo apoyan en el otro pie y lo ponen sobre una camilla. Es más alto y más ancho que los dos. Me hacen pensar en dos personajes de cuento de hadas intentando trasladar a un gigante caído.

—En cuanto pueda me acerco —le dice el entrenador a Gray, quitándose la gorra y haciendo el gesto nervioso de pasarse la mano por su pelo gris, que se le queda tan revuelto como al científico de *Regreso al futuro*—. ¿Quieres que vaya contigo algún otro jugador para hacerte compañía?

—Ya voy yo —me oigo decir.

Se giran a mirarme todas las caras a la vez.

—¿Tú quién eres? —pregunta el integrante masculino del equipo sanitario.

—Su novia —me sale.

Gray levanta las cejas, sonriendo. Es la primera vez que uso la palabra delante de él. De hecho, es la primera vez que la uso.

Durante el trayecto al hospital les dejo mensajes a sus dos madres en el contestador. Luego me siento en la sala de espera, mientras se lo lleva la enfermera para la radiografía, y escribo más mensajes para informar de la situación a mis padres y al resto del club de lectura.

«¡Dile a Gray que lo queremos! —contesta Elisa con

toda una ristra de emojis sobre el tema—. Hemos ganado el partido.»

Al final, las enfermeras me dejan hacerle compañía mientras esperamos el resultado de la placa.

—Hola —digo al sentarme al lado de su cama, en la silla para las visitas.

Aún lleva puesto el uniforme de *lacrosse*. Al caerse se ha raspado el antebrazo con la hierba y lo tiene todo rojo. Duele solo de mirarlo.

—Estoy muy medicado —anuncia con solemnidad—, o sea, que nada de cosas raras, ya me entiendes.

—Ni se me ocurriría —le aseguro, mirándome las manos.

Últimamente he vuelto a morderme las uñas, cosa que no hacía desde primaria, cuando le dio a mi madre por pintármelas con vinagre blanco, y tengo las cutículas hechas un desastre.

Gray sonríe lánguidamente.

—Me ha gustado lo de antes, lo de oírte decir que eres mi novia.

Sonrío y pongo los ojos en blanco.

—Bueno, no sé, me ha parecido más rápido que identificarme como la fundadora de tu club de lectura feminista y una nueva amiga que de vez en cuando sube a pasar el rato a tu dormitorio.

Vuelve a apoyar la cabeza en la almohada, con una agudeza sorprendente en su mirada.

—La verdad es que no suena del todo mal. Claro que «novia» tampoco. —Busca mi mano—. Me gustas muchísimo, Marin —dice—. No solo porque ahora mismo estoy un poco colocado, ni porque nunca me canso de la teoría feminista. Me pareces inteligente y graciosa y dura de narices.

Intento sofocar el brusco ataque de emoción: miedo a que me vuelvan a hacer daño, alivio porque esté bien y algo más grande y cálido que las dos cosas, algo que me llena el pecho hasta que su fuerza expansiva hace que me sienta a punto de explotar.

—Seguro que se lo dices a todas —respondo finalmente.

Lo he dicho en broma, pero no sonríe.

—La verdad es que no —contesta, incorporándose en la cama de hospital—. En serio.

Me tira de la mano para que me incline, hasta que casi se tocan nuestras caras.

—¿Eres mi novia? —pregunta, en voz muy baja.

Estoy demasiado concentrada en darle un beso para responder.

VEINTINUEVE

En el segundo semestre, a los de último curso nos dejan salir del instituto durante las horas libres, así que el martes me escapo a Panera a por *bagels* y cafés con leche. Al volver voy a la zona común de delante de la biblioteca, donde está Gray leyendo *Una habitación propia* para el club de lectura, con el tobillo apoyado en un banco. Solo es un esguince de los fuertes, pero tiene por delante al menos dos semanas con muletas.

—Bueno, total solo quedaban dos partidos —dijo cuando se lo explicó el médico.

La verdad es que me llamó la atención lo poco afectado que sonaba. Aún no ha hablado con sus madres sobre la universidad.

—Mi héroe —dice cuando le doy su *bagel* y levanta la cara para darme un beso, antes de someter el libro a mi inspección—. Este es aburrido de la hostia —me informa.

—¡Calla! —lo regaño, aunque lo cierto es que ayer por

la noche leí las primeras cincuenta páginas y no se puede decir que esté del todo equivocado.

Me siento a su lado en el banco y, después de darle un sorbo a mi café con leche, meto la mano en mi mochila y toco el icono del correo de mi móvil. Como te pille el señor DioGuardi con el móvil en horario lectivo, aunque solo sea mirándolo, se lo queda hasta la salida en una cesta grande en administración, con una pegatina donde sale un iPhone antropomórfico llorando unas lágrimas enormes de dibujos animados que debe de haberse imprimido de Internet, pero es que esta semana salen las notificaciones de Brown, y he estado actualizando el correo cada cuarto de hora. Lo he mirado en Panera, haciendo cola, y luego justo antes de regresar. Esta vez, sin embargo, no puedo aguantarme una pequeña exclamación en voz baja: en la línea del remitente sale OFICINA DE ADMISIONES DE LA UNIVERSIDAD BROWN.

Gray levanta la vista de su libro.

—¿Qué?

Sacudo la cabeza en vez de contestar. Siempre que me había imaginado este momento —o sea, más o menos desde primer curso, seamos realistas—, me veía tranquilamente en casa, sentada frente a mi portátil, con una taza de té al lado y un gato enroscado en el regazo; de alguna manera, la enormidad e inevitabilidad de la ocasión pesaban más que el hecho de que ni tomo té ni tengo un gato. Hago el esfuerzo de respirar y mirar a mi alrededor: el terso césped de enero que se ve por la ventana, el vago olor a medicamento del jabón facial de Gray, la bolsa marrón de Panera que cruje encima de mis piernas... Quiero acordarme exactamente de lo que he sentido.

Querida Marin:

Agradecemos tu interés por la Universidad de Brown. Por desgracia, siento mucho informarte de que no podemos ofrecerte una plaza para el próximo año académico.

Noto que se me va toda la sangre de la cara y que se me despierta un hormigueo en las yemas de los dedos. Durante un momento largo y desorientador, no logro que cuadren las palabras.

No he entrado.

Ni siquiera me han puesto en lista de espera.

A continuación, el correo explica cuántas solicitudes reciben y lo riguroso que es el proceso de admisión, añade también, para consolarme, que no por no haber entrado en Brown dejo de tener un gran futuro académico por delante, pero parece escrita en un idioma que no entiendo. Mi corazón late tan fuerte que choca con la caja torácica. Me doy cuenta, abatida, de que he vuelto a calcular fatal la situación; me he confiado demasiado y he estado demasiado segura de que lo tenía todo bajo control. No podría haber jugado peor mis cartas.

Gray vuelve a mirarme, mientras aparece un pequeño surco entre sus cejas rectas y pobladas.

—¿Todo bien? —pregunta.

—Eh… —contesto tragándome un nudo del tamaño de dos calcetines de gimnasia—. Sí.

No soy capaz de decírselo. En cuanto lo pienso, caigo en que de alguna manera tendré que explicárselo a mis padres. Dios mío, pero si se lo tendré que decir a la abuela, que con lo único que sueña es con verme en Brown… Es cuando empiezo a tener la sensación de que estoy a punto de vomitar.

Creía que entraba seguro. ¿Cómo puedo haber sido tan tonta?

Un momento, pienso en un instante efímero de lucidez, creía que entraba seguro, porque es lo que vino a decirme la entrevistadora.

—Mmm. —Me levanto tan deprisa que se me cae al suelo la bolsa de papel. Me agacho a recogerla y se la tiro a Gray, a la vez que me cuelgo de un hombro la mochila sin cerrar—. Acabo de acordarme de que me he dejado en el coche los apuntes para la siguiente clase. Nos vemos en la comida, ¿vale?

—Ah… —La mirada de Gray se hace un poco más penetrante—. Vale. —Me pone en el brazo una de sus grandes manos—. Marin —dice—, ¿seguro que estás bien? De repente te has puesto muy rara.

—Sí, claro —contesto por encima del hombro, apartándome con suavidad para echar a correr por el pasillo en dirección a la salida—. ¡Todo bien!

Fuera, en el aparcamiento, busco como loca en mi mochila hasta que encuentro la tarjeta que me dio Kalina el día de la entrevista. Está arrugada por la parte de abajo, manchada de migas y reblandecida en los bordes. Me tiemblan las manos al marcar su teléfono de la oficina, mientras miro con ojos entornados el sol de media mañana.

—Marin —saluda Kalina cuando me la pasan. Al percibirla incómoda desde el primer momento, me pregunto si alguna figura de autoridad volverá a alegrarse alguna vez de oírme—. ¿Qué tal?

—Pues no muy bien, la verdad. —Me clavo las uñas en la palma de la mano que me queda libre, intentando no sonar como una histérica. Solo faltan seis minutos para entrar en clase—. Acabo de recibir un correo de rechazo de vuestra oficina.

Emite un sonido compasivo.

—Anda, pues qué mal me sabe —responde—. Lo que ocurre es que la universidad recibe más de treinta mil solicitudes al año, y que las plazas son tan limitadas que muchas veces, aunque el candidato cumpla los requisitos…

—No, si eso ya lo sé —la interrumpo—. Lo pone en el correo. Perdona que te llame así. Ya me imagino que no es lo más correcto, pero quería saber qué ha pasado. De cara al futuro, claro.

—Me sabe fatal, pero la verdad es que no puedo entrar en detalles —contesta—. Nuestra política es no hacer comentarios sobre candidatos específicos. Es que hay tantos, ya te digo…

—Kalina, por favor… —Mi voz está peligrosamente cerca de fallarme—. Cuando nos vimos tenías toda la información, ¿verdad? Y dijiste…

—Hice mal —me interrumpe—. Ya sé que congeniamos, pero lo que dije estuvo fuera de lugar. Perdona que…

—¿Ha sido por mis notas? —pregunto—. ¿Por las extracurriculares? ¿Por qué?

Al principio Kalina no dice nada. Tengo la impresión de que tiene un dilema.

—Mira, Marin… —Ha bajado mucho la voz—. Lo único que pasa es que en el último momento el comité de admisiones ha recibido una información que nos ha hecho pensar que igual encajabas mejor en otro sitio.

Me yergo un poco de golpe, como si me corriese una araña por la columna.

—¿Qué información?

—Marin, de verdad, no puedo…

—¿Qué información? Mira, Kalina, si alguien ha dicho algo de mí que me impide entrar en la universidad… —Sacudo la cabeza. Al hacerlo, capto con el rabillo del ojo parte de la ventana de la redacción de la revista, y de repente lo comprendo todo—. Dios mío… ¿Ha sido Bex?

—¿Cómo?

—El señor Beckett —digo—. Jon Beckett, mi profesor de inglés. Es… Conmigo se… Su familia ha donado una fortuna, y… —No acabo la frase—. ¿Ha sido él?

Kalina tarda mucho en contestar. Así sé que es verdad.

—Yo te apoyé, por si te sirve de consuelo —me dice finalmente—. Siento mucho que no haya salido.

—Ya —contesto, oyendo a medias el timbre lejano del final de clase. Echo la cabeza para atrás y se me empañan los ojos al mirar la línea de los árboles—. Yo también.

TREINTA

Vuelvo al edificio tambaleándome, con una opresión en el pecho, respirando a bocanadas frenéticas e irregulares. Me siento como si pudiera partir troncos con las manos, o entrar en combustión en medio del pasillo. En el fondo, soy consciente de que no tener plaza en la universidad de la Ivy League que tenía como primera opción es un problema muy, pero que muy relativo. Universidades, a fin de cuentas, hay muchas, y caminos en la vida también.

Pero es que es la que quería. La que me había ganado.

Y él, así como así… me la ha quitado.

Al correr por el pasillo solo pienso en una cosa.

Tengo que encontrarlo.

Sé, de cuando éramos amigos —o lo que me pensaba que éramos entonces—, que en esta hora Bex no tiene clase. Voy a la redacción de la revista, pero me la encuentro a oscuras y vacía, solo con el brillo hueco de los salvapantallas del Bridgewater en las pantallas de los ordenadores.

Pruebo en la cafetería, también en administración, donde está la copiadora, pero nada. Estoy más que dispuesta a meterme en la sala de profesores e interrumpir esas cosas tan secretas y sagradas que hacen dentro, con su microondas y su hervidor de agua, sin embargo, al doblar la esquina cerca del laboratorio de la profesora Klein, me lo encuentro viniendo tan tranquilo hacia mí por el pasillo, con su ridícula mochila cruzada en el pecho.

Se me corta el aliento y tardo unos segundos gélidos en poder pronunciar una palabra.

—Mmm… —Me sale una especie de gárgara—. Tengo que hablar contigo.

Frunce el ceño.

—Marin —dice tras una pausa casi imperceptible, como si tuviera delante a una alumna a la que nunca ha dado clase, y necesitara buscar mi nombre en su lista de contactos mental—. ¿No deberías estar en clase?

—Me parece que da igual, a estas alturas, ¿no? —replico—. Ya te has ocupado tú de que no importe.

Sus párpados se contraen muy fugazmente.

—Lo que está claro es que estás enfadada —comenta afablemente, como si mi emoción fuera algo del todo ajeno a él y yo, un personaje de una serie de la tele por el que no tiene mucha simpatía—. ¿Quieres que vayamos a hablar a algún sitio?

—¿Como tu casa, por ejemplo?

Me sale sin poder evitarlo, creo que nos choca igual a los dos. Bex aprieta los labios y le empieza a temblar un músculo de la mandíbula.

—Esto pasa de la raya —murmura sacudiendo la cabeza, mientras se gira y hace como si fuera a pasar a mi lado para irse por el pasillo—. Si quieres que hablemos de algo relacionado con los estudios, ya sabes dónde…

Suelto una carcajada, histérica y chillona como la de las brujas de *Macbeth*. Soy consciente de que sueno tan loca e ingobernable como ya se cree que soy todo el mundo en este instituto, pero por primera vez desde que empezó todo me importa exactamente cero.

—¿En serio? —Tengo que preguntarlo. Es más fuerte que yo—. ¿La que se pasa de la raya soy yo?

—Ya basta. —De repente se vuelve a girar y me agarra por el brazo para dirigirme a la escalera sur. El ruido de la puerta al cerrarse a nuestro paso me hace dar un respingo—. Pero Marin, por Dios —dice, perplejo—, ¿se puede saber qué te ocurre?

Se me pasa por la cabeza tenerle miedo, pero no: planto bien los pies en el linóleo y hago el esfuerzo de que no me tiemble la voz.

—¿Has hablado de mí con el comité de admisiones de Brown?

No cambia de cara; se le queda tan tersa e inocente como la de un *boy scout*, pero le tiemblan un poco las manos a ambos lados del cuerpo.

—Me… ¿Por qué lo piensas? —pregunta.

Luego carraspea, que es cuando sé que lo he pillado.

—Conque es verdad. —Incluso después de todo lo ocurrido, sigue habiendo una parte de mí que no se lo ha creído hasta ahora mismo, como si estuviese segura de que ningún adulto (ningún profesor) podía ser tan malo, tan mezquino, tan ruin—. Dios mío.

—Para empezar…

—¿Cómo has sido capaz? —lo interrumpo, esforzándome horrores por tragarme el sollozo que noto que me sube por el cuello. Una cosa es parecer un poco alterada, y otra permitir que me vea llorando—. Brown era el sueño que había tenido toda mi maldita vida.

Suelta un bufido cargado de mala intención.

—¿He echado a perder tu sueño? —repite con desdén, como si yo fuera una niña pequeña que aún cree en Papá Noel—. Tú has intentado echar a perder toda mi vida, Marin.

Tardo un buen rato en salir de mi perplejidad.

—Yo… ¿qué?

Pone los ojos en blanco y se pasa una mano por el pelo como si realmente no se lo creyera.

—Dios mío —dice—, pero qué mimada estás… En este instituto solo hay mimados, pero tú te llevas la palma.

Parpadeo y me lo quedo mirando, tomada por sorpresa. Nunca me había hablado así ningún adulto.

—¿Mimada en qué sentido? —pregunto, más desconcertada que ofendida—. Pero si eres tú el que…

—Puedes hacerte la víctima todo lo que quieras, niña —me interrumpe—. Tú haz como si no tuvieras nada que ver. Pero sabes la verdad tan bien como yo.

Noto que me quedo muy quieta.

—¿Qué quiere decir eso?

—No me mires así, que no eres ningún cervatillo. —Bex pone los ojos en blanco—. Te tenía siempre encima, Marin. Siempre en el despacho, inventándote excusas para que te llevara en coche.

—Un momento —protesto—. Yo nunca…

—¡Si hasta te me sentabas en la mesa, por Dios! —sigue diciendo—. ¿De qué rollo te crees que parecía que ibas, a ver? Tú querías, Marin. Puede que luego te rajases y te arrepintieras, pero no pienso quedarme cruzado de brazos mientras me haces quedar como un depredador sexual de los cojones, cuando sabes tan bien como yo que tienes la misma culpa de lo que pasó. Probablemente más.

Ahora sí que lloro. No puedo evitarlo. Las lágrimas se deslizan deprisa por mi cara, silenciosamente. Es la primera vez en mi vida que parece que me haya quedado sin palabras.

—Vete a la mierda. —Es lo único que me sale.

No espero a que conteste para dar media vuelta y marcharme.

TREINTA Y UNO

Recorro el pasillo en cuatro pasos hacia la salida sur, después de echar todo mi peso en la barra de la puerta protagonizo una explosiva irrupción en el aparcamiento, aunque sea pleno día. Tampoco es que importe mucho, la verdad. A estas alturas, ¿qué pueden hacerme si me pillan saltándome las clases de la tarde? ¿Decirme que no puedo entrar en Brown?

Se me hace raro lo tranquilo que está el aparcamiento. Solo se oye piar a un par de pájaros en medio de los árboles y pasar algún coche por la calle. Me tiemblan las manos al abrir el coche y meter la llave en el contacto. Al salir a toda pastilla del aparcamiento estoy a punto de rozar a un Passat rojo, mientras se repite con maldad en la cabeza todo lo que debería haberle dicho a Bex. ¿Mimada, yo? Claro, como que es mi familia la que ha dado su apellido al auditorio de una universidad de la Ivy League. ¿Culpable yo de lo que pasó entre los dos? Pues a ver quién fue el cabrón que me llevó a su casa en coche.

No veo bien la carretera por culpa de las lágrimas que me queman los ojos. Bajo por Juniper Hill Avenue y, mientras va menguando el tráfico de mediodía, paso al lado de los campos de béisbol municipales, del complejo de viviendas del campo de golf y del salón de eventos donde celebré mi fiesta de final de secundaria. Voy sin rumbo fijo. No estoy para ir a casa y hablar con mis padres. Tampoco puedo dar media vuelta y volver al instituto. En parte solo tengo ganas de seguir conduciendo, de pisar el acelerador hasta salir de este asco de ciudad y no levantar el pie hasta haber llegado al Atlántico.

Al final voy a Sunrise sin haber llegado a decidirlo de manera consciente, dejando que manden el instinto y la memoria muscular. Ahora mismo, la única persona que imagino a mi lado es mi abuela.

Bajo del ascensor justo cuando sale Camille de una *suite* del pasillo, con un tensiómetro colgando de una mano. Hoy en su uniforme hay un desfile de patitos de goma, del mismo amarillo vivo y alegre que sus Crocs.

—Marin —dice con cara de sorpresa. Otra vez la misma incomodidad al verme, el mismo atisbo de inquietud—. ¿Qué haces aquí? ¿No deberías estar en el colegio?

—Es día de estudio —le digo, sorprendida de lo bien que miento—. Solo tengo que hablar un ratito con mi abuela.

—La verdad es que no es buen momento, cariño. Mejor que vuelvas más tarde.

Me sorprende. Es la primera vez que me dice algo así en todos los años que hace que vengo.

—¿Por qué? —pregunto con el ceño fruncido—. ¿Qué pasa?

—No, nada, que tiene un mal día. Esta mañana estaba un poco nerviosa. Yo creo que lo mejor es que la dejes descansar.

Su tono es afable, hasta amistoso, pero con una advertencia subyacente que nunca le había oído.

—¿Qué quieres decir con nerviosa? —pregunto, intentando no perder los nervios—. ¿Está bien?

Asiente.

—Sí, cariño, muy bien, pero bueno… ya sabes… Necesita un poco de calma hasta que se note otra vez como siempre.

—¿En plan de no acordarse de cosas? —Sacudo la cabeza—. No pasa nada. A mí no me molesta.

—Marin…

—Sabe quién soy —le prometo—. Tranquila, Camille, en serio, que no pasa nada. Enseguida me voy.

Se acerca un paso más —no sé si para intentar cerrarme el paso o sujetarme por el brazo—, pero yo, demasiado rápida, resuelta y puede que alterada, paso de largo y recorro el pasillo muy iluminado hasta la puerta de la habitación de la abuela. No suele estar cerrada, pero hoy sí. Aun así, doy unos golpes suaves en la puerta y la empujo, como siempre.

—¡Hola, abuela! —saludo con una jovialidad ligeramente pasada de rosca, y freno en seco en la puerta.

La mujer que está sentada en el sofá, con la mirada extraviada, no se parece en nada a mi abuela. No lleva pintalabios y tiene la boca tan pálida que casi se le confunde con el resto de la cara. El pelo blanco lo tiene apelmazado y sin peinar. Aún está en pijama, con el primer botón desabrochado, lo cual permite ver unas clavículas marcadas y afiladas. Como más se la ve es frágil.

—¿Quién eres? —pregunta con recelo en sus ojos de un azul deslavazado.

Me muerdo el labio.

—Hola, abuela —repito, esforzándome por mantener un tono alegre—. Soy yo, Marin.

Sacude tercamente la cabeza.

—No te conozco.

—Soy tu nieta —le recuerdo con un gran esfuerzo por tragarme el nudo que se me ha formado de golpe en la garganta. La intuición me dice que si me emociono solo servirá para empeorar las cosas, cosa que, me digo amargamente, parece que de un tiempo a esta parte se ha convertido en un tema recurrente de mi vida—. La hija de Dyana, ¿te acuerdas?

Doy un paso, pero la abuela levanta las manos como las víctimas de las pelis antiguas de misterio del canal de clásicos.

—¿Quién? Que no, que no te conozco —repite—. ¿Dónde está la enfermera? —Se gira hacia la puerta abierta y levanta la voz—: ¡Hola! ¡Ha entrado una desconocida! ¡Necesito ayuda!

—Abuela —le suplico—, por favor…

Sin embargo, ya está aquí Camille, que me pone la palma de una mano en la espalda, con firmeza y suavidad.

—Hola, señora Fran —dice con calma—. Tranquila, que ya estoy aquí. Ahora salgo a dar un paseo con nuestra amiga y enseguida vuelvo con un poco de té helado. ¿Le parece bien?

—No la conozco —vuelve a insistir la abuela, quien ahora más que asustada parece irritada, como si me viera como una molestia, no como una amenaza.

No sé cuál de las dos cosas es peor.

«No debería haber venido», pienso, abatida. Soy un desastre ambulante.

—Ya lo sé —responde Camille mientras me pasa un brazo por los hombros y me los aprieta antes de llevarme hacia la puerta—. Ven, cariño.

—Lo siento —digo al salir al pasillo—. Perdona, ya sé que has intentado decírmelo, pero es que… —«Creía que sabía yo más», comprendo, y de repente, aparte de todo el resto, tengo la sensación de que soy tonta—. Lo siento.

—Marin, cariño… —Camille resopla. No es que se haya enfadado conmigo, exactamente, pero tampoco está tan cariñosa como de costumbre—. ¿Y si llamamos a tu madre?

Sacudo enseguida la cabeza.

—No, si no pasa nada, ya me voy. Lo siento. Tú vuelve y mira si está bien. No era mi intención empeorar las cosas.

—Marin… —empieza a decir ella.

Sé que va a intentar consolarme, a pesar de que no es su trabajo. Levanto las manos para impedírselo y me giro para ir directamente a la escalera, con lágrimas en la garganta.

Abajo, en el aparcamiento, me quedo un buen rato sentada dentro del coche, limpiándome las lágrimas, mocos y tristeza, mucha tristeza. Me acuerdo de cuando era pequeña, cuando aún ni había nacido Gracie, y me quedaba a dormir con la abuela en su casa de Brockton. No hacía mucho que se había muerto el abuelo Tony, y la abuela me dejaba dormir con ella en la cama de matrimonio. Veíamos reposiciones de comedias de los noventa, con el aire acondicionado zumbando en la ventana, y me acariciaba el pelo hasta que me quedaba dormida.

Al final estoy tan agotada que salgo del aparcamiento y me dirijo a casa. El camino más corto pasa por el instituto. Aprovecho que tengo el semáforo en rojo para echar un vistazo al aparcamiento: ya hace un buen rato que han salido los de la octava hora y no quedan casi coches. Me doy cuenta con un desagradable sobresalto de que uno de los pocos que aún están aparcados es el Jeep del señor Beckett. Ahí sigue, tan pagado de sí mismo, debajo de un cornejo en flor, cerca de la entrada de los de último curso, con la chorrada de pegatina de Bernie Sanders destiñéndose en el parachoques.

Pienso con mucha claridad: «No seas tan buena chica».

Entonces, me meto en el aparcamiento.

Paro junto al Jeep, tiro del freno de emergencia para dejar el motor en marcha mientras abro el maletero y salto al suelo de cemento. Sin tener claro ni yo misma el plan, saco las témperas del día del partido de voleibol de Elisa, que siguen en el maletero, al lado del kit de primeros auxilios de mi madre y de un par de libros de la biblioteca que ya debería haber devuelto. Es como si en lo más profundo de mi cerebro hubiera sabido que volvería a necesitarlas. Parecen una reliquia de un pasado totalmente distinto.

Sujeto entre los dientes un pincel con pintura reseca y desenrosco el tapón del tubo de pintura con las manos temblando, mientras miro por encima del hombro para asegurarme de que no viene nadie. El aparcamiento está vacío. Por hoy se han ido a casa hasta los pájaros. Con la sensación de estar completamente fuera de mí, garabateo la primera palabra que se me ocurre en enormes letras rojas, dejando que chorree la pintura por la luna trasera del coche de Bex. Al acabar, el resto de la pintura también lo tiro al Jeep y me quedo admirando un momento mi obra de arte.

Subo otra vez a mi coche y me voy.

TREINTA Y DOS

A la mañana siguiente, casi no he cruzado la puerta de mi clase de francés de la primera hora cuando me hace una señal con la cabeza la profesora Kemp.

—Marin —dice distraídamente mientras escribe con mala letra los verbos irregulares del día en la pizarra—, sobre mi mesa hay un pase para ti. Ha dicho la señora Lynch que quieren que bajes al despacho.

Me quedo muy quieta, apretando con fuerza la correa de mi mochila. De repente me viene a la cabeza *Thelma y Louise*, una vieja peli que vimos el año pasado con mi madre sobre dos amigas que matan a un tío en defensa propia y luego huyen. Al final se tiran en coche al Gran Cañón para no entregarse a la policía, y hay un plano fijo increíble, impresionante, del coche volando sobre el acantilado, que se me quedó grabado varias semanas después de verla. La idea de que esas dos mujeres se nieguen a tener cualquier trato con un sistema injusto provoca una emoción curiosa. Después de mirar la carta y de ver que es todo una mierda, deciden irse a su manera.

Claro que lo que es el impacto propiamente dicho no llegamos a verlo…

Bajo arrastrando los pies hasta administración, donde la señora Lynch está añadiendo diligentemente emojis de globos a la felicitación de cumpleaños que está colgando en el Facebook de alguien.

—Marin —dice el señor DioGuardi cuando doy unos golpes en la puerta abierta de su despacho. Esta vez no se molesta en saludar. Supongo que a estas alturas ya no estamos para formalidades—. Siéntate.

Obedezco y me dejo caer, mientras el señor DioGuardi se mete el silbato en la boca. Cada vez que respira hace vibrar un poco el aire con una especie de chillido casi inaudible, pero estridente. Al final se lo saca y me mira por encima de la mesa.

—Bueno —continúa, juntando sus robustas manos—, ¿quién quieres que empiece, tú o yo?

—Mmm —contesto, sin saber muy bien cuál es el protocolo. Es la primera vez en mi vida que me meto en un lío de verdad. Tengo bastante claro qué es lo que está a punto de pasar, aunque no entiendo quién puede haberme visto—. Puede empezar usted.

No es que haya tenido exactamente la intención de parecer arisca, pero veo que es como se lo toma el señor DioGuardi.

—Vale, como quieras —contesta seco.

Gira la pantalla de su ordenador para que la tenga yo de cara. Luego le da a la barra espaciadora del teclado, haciendo que empiece a moverse, con mucho grano, la grabación de la cámara de seguridad.

«Pues sí —pienso como adormecida (cosa que me sorprende) al ver en silencio cómo se para mi coche al lado del de Bex, cómo bajo del asiento del conductor y abro el maletero—. Está claro que me he metido en un lío.»

Me quedo mirando la pantalla, hipnotizada por mi yo de ayer, mientras van apareciendo las letras en la parte trasera del coche de Bex: primero una B, luego una A, luego una S, luego una U, luego una R y finalmente una A, todo en rojo oscuro. «Ya puestos —pienso—, si iban a pillarme, podría haber elegido una palabra más larga.»

—¿Qué se te pasó por la cabeza? —pregunta el señor DioGuardi. Lo miro sorprendida. Casi se me había olvidado su presencia—. No, Marin, en serio, ¿se puede saber en qué estabas pensando?

—Bueno —contesto, reflexionando de verdad—, está claro que en las cámaras de seguridad no.

Es lo peor que podía haber dicho. Me mira con tan mala cara que casi se le juntan las cejas.

—¿Te parece gracioso? —inquiere.

—No —le aseguro de inmediato, sin mentir—. No le veo ninguna gracia.

—Pues entonces, yo que tú tendría mucho cuidado en la manera de llevar la situación —me indica.

Está claro que he consumido sus reservas de paciencia.

—Ahora mismo, tu futuro está en tus manos. Vamos a suspenderte dos semanas a partir de ahora mismo. Si no quieres convertirlo en una expulsión definitiva…

—¿Cómo? ¿Qué ha dicho? —Echo la silla para atrás y me levanto como si fuera a escaparme de un edificio en llamas—. ¿Que me...?

—¿Qué te acabo de decir, Marin? —Al señor DioGuardi se le ponen rojas las mejillas—. Tienes suerte de que el señor Beckett haya aceptado no poner ninguna denuncia.

Vuelvo a sentarme, no tanto porque me lo pida él como por miedo a que se me doblen las rodillas.

—Mmm —vuelvo a decir mientras me sujeto con fuerza a los brazos de la silla, en un intento patético de recuperar la compostura. Noto que empieza a subirme peligrosamente por el cuello el sabor del zumo de naranja de esta mañana—. Vale.

—Tanto él como yo estamos dispuestos a tener en cuenta que has tenido unos días de mucha presión emocional —continúa el señor DioGuardi—, también somos conscientes de que es muy posible que estuvieras un poco fuera de ti.

«Fuera de mí», pienso sordamente, mirándome las manos como si por alguna razón se me hubieran separado del cuerpo.

—La suspensión se hace efectiva de inmediato —repite el señor DioGuardi—. Llamaré a tus padres para ponerlos al corriente de la situación. La señora Lynch te acompañará a tu taquilla para que saques tus cosas.

—No hace falta que me acompañen —le digo mientras hago el esfuerzo de volver a levantarme.

Es como si toda la conversación hubiera sido irreal. Suspendida. Yo. La impresión es la misma que si me hubiera dicho que me envía a la luna.

—Marin…

—¡Le he dicho que no hace falta! —Me sale mucho más parecido a un lamento de lo que pretendía. Levanto enseguida las manos en señal de rendición, como cuando toman de rehén al cajero de un banco—. Ya me voy, ¿vale? Ya me voy.

En la mirada del señor DioGuardi aparece fugazmente algo que parece compasión.

—Vale —dice en voz baja—, pues ve a buscar tus cosas.

Justo cuando salgo tambaleándome de administración, oigo sonar el timbre. Luego, se abren las puertas de las aulas, como si tuvieran un resorte, y se desparrama todo el alumnado por el pasillo. Estoy a punto de chocar con Jacob, con unas zapatillas Top-Siders blancas que brillan a la luz de los fluorescentes y una gorra de los Sox ladeada en la cabeza, cosa que prohíbe el reglamento, aunque, bueno, a él no va a decirle nadie nada.

—Hola, Marin —dice con una sonrisa torcida y de desprecio. Después, señala la puerta de administración con la cabeza—. ¿Qué pasa, que ahora también eres íntima de Dio-Guardi?

Es como si de repente se me partiera algo dentro, como si todo lo que he estado conteniendo estos últimos meses, con éxito desigual, explotase a la vez. Sin ser consciente ni de mi intención, me lanzo contra él y le empujo el pecho y los hombros con todas mis fuerzas, satisfecha por el impacto de las palmas de mis manos con su cuerpo. Es ridículo —si algo no soy es una buscapeleas, hasta el punto de que de pequeñas Gracie y yo ni siquiera nos tirábamos del pelo—, pero Jacob no se lo esperaba. Le doy otro empujón más fuerte que el de antes, haciendo que choque ruidosamente contra las taquillas que tiene detrás.

—Pero ¿qué coño haces, Marin? —grita, levantando los brazos para defenderse—. ¡Tía, joder, tú estás mal de la cabeza!

—¡Y tú eres un mamón! —Oigo todo tipo de respiraciones cortadas y gritos a nuestro alrededor, mientras se me pone borrosa la vista por los bordes—. ¡Estoy harta de que vayáis haciendo esta mierda de comentarios y nunca os pase nada!

Es un espectáculo, justo lo que he intentado evitar desde que volví de vacaciones; bueno, no, mejor dicho toda la vida. Igual tiene razón Jacob. Igual estoy loca y soy una histérica desesperada por llamar la atención. Igual soy como piensa todo el mundo, pero no consigo que me importe. Qué idea más tonta, para empezar, la de esta pequeña rebelión…

Y de repente ya no tengo nada que perder.

Justo cuando me dispongo a darle otro empujón a Jacob, aparece Gray como por arte de magia y, soltando las muletas, que se caen al suelo, me rodea la cintura con los brazos.

—¡Déjame! —le ordeno, intentando soltarme.

Ahora mismo no quiero que me toque ningún otro chico. No quiero que me retenga nadie.

—Eh, eh, eh —dice mientras me aparta de la multitud, soltándoles unas cuantas lindezas a los espectadores.

Aunque me doble en tamaño, me resisto con todas mis fuerzas, y al echar un brazo para atrás le doy un golpe en la mandíbula. Al final me deja en el pasillo que lleva a la biblioteca y a la enfermería, un sitio tranquilo y oscuro, en comparación con el resto de la escuela.

—¡Que me dejes! —insisto, a pesar de que ya lo ha hecho.

Ahora va torcido, cojeando con la férula, y se ve que le duele por la mueca que deforma sus facciones de chico guapo. Suena el timbre de principio de clase, aunque se oye raro, como si estuviera lejos.

Gray sacude la cabeza.

—¿Qué ha sido eso? —pregunta con perplejidad—. ¿Te encuentras bien?

—Sí, perfectamente —replico. Me dispongo a pasar de largo, pero él intenta retenerme por el brazo, y le suelto un bufido—. Para. ¿Puedes parar? Estoy tan harta de todo esto…

Dios, tengo que irme de aquí. Sé que en cuanto se entere el señor DioGuardi me enfrentaré a una expulsión; quiero irme corriendo lo más lejos que pueda para no volver.

—Marin —dice Gray, haciendo el gesto de volver a agarrarme la mano. Yo me aparto de golpe. Me enseña las dos palmas—. Lo siento, lo siento, es solo que…

—¡Te he dicho que pares! —Mi voz resuena en el pasillo—. Para de querer arreglarlo todo, o de protegerme, o de lo que te creas que haces. Déjame en paz por una vez, ¿vale?

—Vale —contesta Gray sin bajar las manos, como si tuviera delante a un animal salvaje. Igual es que soy peligrosa y se me tiene que controlar—. Te prometo que no volveré a tocarte, perdona, pero, por favor, ¿podemos hablar solo un segundo?

Sacudo la cabeza. Ahora mismo no estoy para su numerito afable de buen tío, que seguramente es lo que es, un numerito, para ser realistas.

—No me ayudas —le informo—. La verdad es que no me ha ayudado nada de lo que has hecho todos estos días, o sea, que…

No termino la frase. No sé por qué lo digo. En parte no sé ni lo que estoy diciendo, pero no puedo parar.

Hago otro intento.

—Mira, ha sido divertido, pero es que no me parece buena idea seguir con…

—¿Seguir con qué? —Gray frunce el ceño—. ¿Qué no es buena idea?

—Lo de nosotros dos.

—¿En serio? —Pone cara de desconcierto—. No...
¿Por qué? ¿Porque Jacob es un gilipollas?

Me quedo boquiabierta.

—¿Te crees que va de eso?

—No, no —se apresura a corregirse—. Claro que no,
pero...

—No —le corto. Esto no va a ninguna parte. Lo nuestro
tampoco—. Se acabó.

—Yo...

—No —repito. Tiene algo de satisfactorio decirlo, aunque en mi cabeza ya se esté preguntando una vocecita si de
verdad es el puente que quiero quemar. Me vuelven de golpe
a la memoria las indicaciones de Gray de hace varias semanas, y le digo sin poder frenarme—: Con todo respeto, Gray,
vete a la mierda.

Al principio se limita a mirarme, con una chispa de reconocimiento en la mirada, y se me parte un poco el corazón.
Luego, se le desencaja la cara.

—De acuerdo —contesta. Lo dice en voz muy baja—.
Como quieras.

TREINTA Y TRES

Consigo llegar a casa y meterme en la cama sin que me diga nadie nada, con la manta sobre la cabeza y los ojos cerrados. Sé que va a llamar el señor DioGuardi. Solo es cuestión de tiempo.

En efecto: cuando oigo llamar a la puerta son mis padres, los dos, con las manos enlazadas y con la misma cara de preocupación.

—Bueno… —empieza mi madre con más calma de lo normal. De hecho, no la había oído tan calmada desde que empezó todo. Se ha apartado con cuidado todo el pelo oscuro de la cara—. ¿Quieres que hablemos ahora o prefieres más tarde?

—Más tarde —masculло con la almohada en la boca.

Para mi sorpresa, veo que asiente.

—Vale —dice mi padre—. Te queremos.

Es cuando me pongo a llorar.

Cruzan los dos la habitación en un segundo, como si fuera un bebé y me hubiera caído aprendiendo a caminar.

—Pero ¿qué narices ha pasado, cielo? —pregunta mi padre, mientras mi madre se sienta a mi lado en el colchón.

Respiro hondo y lo suelto todo de golpe, toda la triste historia de principio a fin: el correo electrónico de Brown, la llamada a Kalima, la visita a la abuela y lo que le hice al coche de Bex.

—Todo lo que habéis hecho vosotros, los tutores del examen de ingreso, el rollo de las clases de piano... Todo lo que quería para mí la abuela... Lo he fastidiado todo —les explico.

Mi madre sacude la cabeza.

—Tú no has fastidiado nada.

—¿Ah, no? —le pregunto llorando—. Pues dime solo una cosa que no haya estropeado del todo en los últimos meses. Dilo en serio. Brown, mi amistad con Chloe, Gray... Y todo por mi culpa. —Me paso el dorso de una mano por la cara, llena de rabia y de vergüenza—. Es todo culpa mía.

—¿Qué? —Mi madre sacude la cabeza de perplejidad—. No, cielo, no es verdad. ¿Cómo va a ser tu culpa?

—¡Porque estaba enamorada de él! —Me sale en forma de lamento, agudo y humillante—. ¡Es verdad! También es verdad que me tenía todo el rato encima y que le di una falsa impresión y que...

—Un momento —dice mi madre con los ojos muy abiertos—. Ni hablar. Las cosas no van así, ¿de acuerdo? No es así como funciona. —Vuelve a sacudir la cabeza—. Cielo, ¿sabes cuánta gente se enamora de su profesor? ¿Sabes de cuántos profesores me enamoré yo cuando era joven?

—No es lo mismo —insisto—. Si no me...

—Es tarea del profesor marcar los límites —dice mi padre con firmeza—. Porque el profesor es el adulto.

Sé que en términos lógicos tienen razón, naturalmente. No era un tonteo sin futuro en igualdad de condiciones. La figura de autoridad era él y yo, una chica de su clase. Ahora mismo, sin embargo, viendo el absoluto desastre en que se ha convertido mi vida, se me hace difícil creérmelo.

—Ya —digo poco convencida, encogiendo los hombros con desánimo—, pero tendría que habérmelo pensado.

—Tendría que habérselo pensado él. —Mi madre me toma entre sus brazos y me acaricia el pelo—. De hecho, él ya lo sabía. Es todo tan injusto…

Cuesta rebatirlo, al menos lo último, así que me dejo abrazar y cierro los ojos, sintiendo un ataque repentino de extenuación.

—Lo odio —murmuro contra el cuello de mi madre.

—Lo sé —dice ella, estrechándome con una fuerza tranquilizadora—. Yo también le tengo un odio de la hostia.

TREINTA Y CUATRO

La verdad es que los primeros días de suspensión no son tan horribles. Veo comedias románticas de bajo presupuesto en Netflix; doy un largo paseo con muchos rodeos; bajo de la estantería de la cocina el viejo ejemplar de la abuela de *The Silver Palate Cookbook* para hacer un bizcocho de naranja y pacana y lo dejo en la encimera para que, por la mañana, se lo lleve mi madre a ella y a las enfermeras.

A partir de ahí empieza a llegar el aburrimiento.

Me tiro en la cama y observo un rato el techo. Hago el esfuerzo de no mirar el móvil. Justo cuando me estoy planteando ordenar mi armario —señal de que estoy desesperada de verdad—, oigo el timbre de la puerta en el piso de abajo.

—¡Marin, cielo! —me llama mi madre al cabo de un rato, con un deje casi imperceptible de sorpresa—. ¡Han venido a verte!

Yo también estoy sorprendida. ¿Hay alguien con quien no me haya enemistado últimamente? ¿De verdad? Salgo al pasillo, arrastrando los pies, y bajo la escalera, pero me quedo en la moqueta aplastada del rellano. En el recibidor está Chloe, con un top de seda, un par de botines abiertos y las manos en los bolsillos de sus ceñidos tejanos oscuros. Lleva el rímel impecable, como siempre, pero por primera vez en mucho tiempo no hay color en sus labios.

—¿Qué haces aquí? —pregunto, pero de repente me fijo en lo encorvados que están sus hombros estrechos, como si se protegiera de un golpe, y resucita a duras penas de una especie de instinto latente de mejor amiga—. ¿Estás bien?

Chloe se encoge de hombros, pero en vez de mirarme, fija la vista en la escultura de vidrio de mar en 3D que hay en la pared del recibidor.

—¿Podemos hablar? —pregunta.

Miro a mi madre, que se está metiendo discretamente en su despacho, luego a Chloe.

—Sí, claro.

Descuelgo una sudadera del perchero de al lado de la puerta principal y salimos a sentarnos en el balancín del porche, haciendo rechinar un poco la cadena. Aquí fuera hemos tenido casi todas las conversaciones importantes de nuestra amistad: en sexto, cuando intentamos descifrar valientemente el primitivo dibujo de una polla y unas pelotas que había garabateado Brandon Farrow en la contraportada del cuaderno de Chloe; en la primavera de primero, cuando Chloe me contó que su hermana dejaba la universidad para ingresar en un centro de curación de trastornos alimentarios; el año pasado, cuando yo estaba decidiendo si perdía la virginidad con Jacob. Antes creía que a Chloe se lo podía contar todo. Ahora, en cambio, no sé qué decir.

Al final resulta que no hace falta.

—¿Puedo hacerte una pregunta? —empieza, toqueteán-
dose el esmalte de una uña recién pintada. Sigue sin mirarme—. ¿Por qué destrozaste el coche de Bex?

Me giro de golpe, estupefacta.

—¿Sobre eso has venido a gritarme? —pregunto—.
¿Sobre su gilipollez de coche? Porque si es que sí, por mí te…

—¿Te podrías calmar? —me interrumpe Chloe, quien
por fin se ha girado a mirarme y parece que eche chispas por
los ojos—. No te estoy gritando. ¿Tú oyes que te esté gritando? Solo te pregunto por qué lo hiciste.

Me encojo de hombros.

—¿Y por qué te importa?

Suspira con fuerza.

—Marin —dice con la cabeza ladeada contra el balancín—, por favor…

—Por favor, tú.

Parezco una niña pequeña —sé que lo estoy siendo—,
pero no puedo evitarlo. No sé cómo hacer que no me duela
lo que hizo.

—Mira… —Se arranca un poco de esmalte de la uña del
meñique y lo tira al porche—. Sé que desde hace un tiempo
no estoy siendo muy buena amiga, y supongo que me quedo
corta. —Empiezo a protestar, pero levanta una mano—. Por
otra parte, no me debes ninguna explicación, pero si quieres
explicármelo te escucho.

Así que se lo explico. Le explico a Chloe todo: desde
aquel primer día con Bex hasta su manera de apretarme el
brazo en la escalera, o mi llamada de teléfono a Kalina.

—Quiso vengarse de mí por haberlo contado, y es lo que
ha hecho —termino—. Total, que supongo que…, pues que
yo también quería vengarme. —Levanto un pie y empujo

más fuerte de lo que quería la baranda del porche, haciendo que nos balanceemos deprisa hacia delante—. Lo que pasa es que al final la única perjudicada he sido yo.

El balancín rechina al moverse hacia ambos lados, sin que Chloe diga nada. Cuando me giro hacia ella, veo que tiene la cara tan blanca como los listones de la fachada.

—Lo siento —dice y se le llenan tan rápido de lágrimas los ojos que casi se me escapa un grito—. Marin… Lo siento tanto tanto…

Sacudo enseguida la cabeza.

—Eh… —digo con las manos levantadas, enseñando las palmas en señal de sorpresa y rendición. Últimamente, parece que nuestra amistad haya sido una sucesión tan rara como inexplicable de desencuentros, pero este me pilla desprevenida—. No pasa nada…

—¡Sí que pasa! —Se ha levantado del balancín para empezar a dar vueltas por el porche—. ¡Se podrán decir muchas cosas, Marin, pero no que no pasa nada!

—Chloe… —Clavó los dedos en el borde del balancín, sin levantar la voz—. ¿Qué pasa?

Ella sacude la cabeza y se le va la vista hacia el camino de entrada, donde ha dejado el coche, como si dudara entre ponerse corriendo al volante y pisar el acelerador hacia el crepúsculo o marcharse a pie y seguir caminando eternamente. Es una mirada que conozco —desde hace un tiempo la veo mucho en el espejo—, pero al final lo que hace es sentarse otra vez a mi lado y aclararse la garganta como si fuera a declarar en un juicio. Respira hondo.

—Creía que me quería —confiesa. Justo después empieza a frotarse los ojos con las bases de las manos, haciendo que se le corra el rímel—. Dios mío… No me puedo creer que esté diciéndolo en voz alta. Parezco imbécil, joder. Creía que me quería.

—¿Quién? —pregunto, aunque es posible que en alguna zona de mi cerebro ya lo sepa. Quizá lo haya sabido siempre.

Se pasa los pulgares por debajo de los ojos para quitarse el rímel.

—¿Quién va a ser?

Me explica que empezó en octubre. La llevó a su piso, en el edificio victoriano con estanterías empotradas a ambos lados de la chimenea. Quería prestarle un libro. Pusieron discos, y él le hizo pasta. Ella les dijo a sus padres que había estado en la biblioteca.

Él le dijo que tenía un alma vieja.

—Cuando me contaste lo que te había pasado, se me fue la pinza —admite Chloe—. Me lo describiste de una manera… Como si fuera un baboso… A mí no me daba esa sensación, al menos entonces. Creía que éramos… pareja. —Pone los ojos en blanco, mientras se le desliza otra lágrima por la mejilla—. Hacíamos cosas que hacen las parejas. En otoño pasado, por ejemplo, fui con él al cabo Cod.

Abro mucho los ojos.

—¿Que hiciste qué?

—Que sí, que sí, que ya lo sé. —Chloe sacude la cabeza—. Ahora me doy cuenta de que fue una estupidez.

—No, si no me parece ninguna estupidez —le aseguro—, pero es que… ¿A un hotel, o qué?

Se encoge de hombros.

—Su familia tiene una casa.

—¡Claro que la tienen! —Me paso los dedos por el pelo—. Perdona que me ponga en plan borde, pero es que… ¿Cuándo?

—El fin de semana que te dije que pasé con Kyra.

—Dios mío… ¡Ya sabía que era imposible que pasaras el fin de semana con ella por voluntad propia! —Por un momento, tengo una sensación tan rara como horrible de justificación personal (se ha comprobado que al menos conocerla la conozco, y no me he dejado engañar del todo). Luego me doy cuenta de lo retorcida que estoy siendo—. ¿A tus padres qué les dijiste? —pregunto.

—Que me iba de excursión con el colegio —responde, compungida—. Hasta falsifiqué una autorización.

—¿No tenías miedo de que les dijera yo algo en el trabajo?

—¿Lo preguntas en serio? —Chloe exhala bruscamente—. Miedo no, pánico. En todo el fin de semana no pensé en otra cosa, aunque a él no quería decírselo, porque no le quería recordar…

—¿Que tienes tan solo diecisiete años?

—¡Vale! —estalla Chloe, sobresaltándose a sí misma tanto como a mí. Después de un rato de silencio, baja tanto la voz que a duras penas se la oye—: Después de que fueras tú a su casa… Me dijo que solo había intentado ser amable. —Casi se ha quitado todo el esmalte de las uñas y tiene el regazo cubierto de un polvillo rosa claro—. En plan que era algo totalmente inofensivo y que lo habías interpretado mal, o algo así. Pero luego rompió conmigo.

—¿Por eso estabas tan cabreada?

Asiente.

—Dijo que se había vuelto peligroso, y te eché a ti la culpa —reconoce—. Lo siento. Ya sé que parece que nunca haya visto ninguna película, o ninguna serie de la tele, o que no haya leído un libro en toda la vida, pero… es lo que hice.

Creía que mi caso era diferente y te eché a ti la culpa. Tenía la sensación de que me lo habías quitado tú.

—Lo entiendo —digo—. Es una mierda, pero entenderlo lo entiendo.

—Y lo peor es que… Ojalá no tuviera que decírtelo, pero pasado un tiempo volvimos, aunque ya no era como antes. El que no era como antes era él. Yo en parte ya sabía que haría algo contra ti. Debería…, debería haberte apoyado. —Se le quiebra la voz—. Eres mi mejor amiga y no te… Has tenido que hacerlo todo tú sola.

Sacudo la cabeza, intentando no visualizar lo que me está contando.

—No he estado sola —le aseguro, y pienso en mis padres, en el club de lectura y en la profesora Klein. También me acuerdo, con una punzada detrás de las costillas, de Gray—. Aunque sí que te he echado de menos, mucho.

—Ya —dice Chloe, pasándose la base de la mano por la cara—, yo también.

Nos columpiamos un momento sin hablar. Miro la calle, ahora que falta poco para que se acabe el invierno. En la casa de al lado, Jayden está empujando con determinación un carro de la compra de juguete por el camino de entrada. Tres puertas más allá, la señora Lancaster echa sal en la acera.

—¿Crees que debería denunciarlo? —pregunta finalmente Chloe—. Al señor DioGuardi, quiero decir.

Me encojo de hombros.

—No lo sé —contesto—. Supongo que tienes que hacer lo que te haga sentir bien; bueno, más que bien, no peor. Vaya, que a mí en su momento me pareció que lo correcto era quejarme, y puede que aún lo piense, pero si quieres que te diga la verdad, no estoy segura de que haya valido la pena. La mitad del instituto aún cree que me lo he inventado.

Le explico lo de DioGuardi y el consejo, también lo inútil que fue todo el proceso. Le digo que, sin ánimo de ofender, lo más seguro es que en su caso le hubieran echado a ella la culpa.

—No te estoy diciendo que no lo hagas. No soy quién, en absoluto, pero en fin… no sé. Ojalá pudiera decirte que funcionará.

Chloe se lo piensa mientras se limpia las piernas con cuidado de restos de esmalte de uñas. De repente levanta la cabeza.

—¿Sabes qué? —Se gira hacia mí y le cruza por la cara una especie de sonrisa—. Me parece que se me ha ocurrido algo mejor.

CARTA DE LAS DIRECTORAS.
TODA LA VERDAD
MARIN LOSPATO Y CHLOE NIARCHOS

Queridos compañeros, profesores y personal administrativo del Bridgewater Preparatory:

Durante las últimas semanas habrán llegado a oídos de muchos de vosotros las acusaciones que circulan sobre un profesor muy querido del Bridgewater. Podemos decir sin miedo a equivocarnos que como comunidad nos hemos esforzado por diferenciar entre la información y las insinuaciones, también por conciliar nuestra experiencia personal con las vivencias de otras personas. Nunca es fácil asimilar que alguien a quien admiramos —adoramos, incluso, por no decir amamos— pueda no ser digno de conservar nuestra estima.

Sin embargo, en tanto que codirectoras del *Beacon* y jóvenes periodistas por derecho propio, estamos comprometidas con la integridad de esta publicación y con que su poder se emplee al servicio de la verdad. Estamos convencidas de que la prensa posee la capacidad de fomentar cambios beneficiosos para las comunidades a cuyo servicio está. Es con este espíritu, el de la veracidad, como nos dirigimos hoy a vosotros.

Las acusaciones contra el profesor en cuestión —haber mantenido relaciones emocionales y físicas inapropiadas con sus alumnas, haber invitado a algunas de ellas a su casa con pretextos académicos para hacerles avances de índole sexual y haber tomado represalias contra las alumnas que han denunciado su conducta— son ciertas. Recogemos esta información con plena confianza en nuestras fuentes, porque dichas fuentes somos nosotras dos. Ambas hemos vivido de primera mano la conducta del profesor al cual nos referimos.

Confiábamos en él. Lo teníamos en un pedestal. Nos parecía

encantador y carismático. Y él se ha aprovechado de nosotras. No somos especiales. No somos, como nos dijo, «almas viejas». Éramos sencillamente alumnas suyas.

Cuando una de las dos formuló estas acusaciones, la postura oficial del instituto fue que carecía de información creíble suficiente para tomar medidas disciplinarias contra el profesor. Cuando la otra reconoció encontrarse en una situación muy similar, nos preguntamos, inevitablemente, si se toparía con la misma respuesta. ¿También a ella le preguntarían si no estaba «confundida» respecto a la situación? ¿Se enfrentaría a los mismos rumores? ¿La acusarían también de haber querido llamar la atención?

Hoy escribimos esta carta para iluminar una zona oscura del Bridgewater, con la esperanza de que cualquier alumno que haya tenido un encuentro similar —sea con este profesor en concreto, con otra figura de autoridad o con alguien más del instituto— se sienta seguro y apoyado si decide denunciarlo.

Nosotras os creemos.

Saludos cordiales,
Marin + Chloe

TREINTA Y CINCO

Nuestro artículo sale impreso en primera página de la revista el lunes siguiente, mi primer día en el instituto después de la suspensión. Yo me ocupo de la revisión, Chloe de que no se entere nadie más del equipo, incluido Bex, por descontado.

Esta mañana, más allá de que acabe de volver de una suspensión, no podría aguantar estar con Bex toda una clase, así que, cuando suena el timbre del comienzo de la tercera hora, salgo fuera. Casi es primavera y, aunque el aire es frío, huele un poco a humedad y a mar. Cruzo el campo embarrado y subo hasta la mitad de las gradas para sentarme y echar la cabeza hacia atrás, impregnándome del débil sol de mediodía, como una planta ansiosa por crecer.

Después de no sé cuánto tiempo con los ojos cerrados, viendo las formas que crea la luz dentro de mis párpados, oigo que me llaman desde el otro lado del campo y abro los ojos. Es Gray, que está cruzando la línea de las cincuenta yardas con la mochila colgada de uno de sus anchos hombros. Ya no lleva las muletas, pero aún cojea un poco, demasiado poco para que se fije alguien que no se haya pasado todo el semestre fijándose en cosas como su manera normal de caminar.

—Hola —digo, saludando con la mano mientras sube con cuidado por los anchos peldaños de metal. Lleva una sudadera del Bridgewater sobre el uniforme y en la muñeca, su absurdo contador de pasos, bien ajustado—. ¿Qué, ya has vuelto a los veinte mil al día?

—Casi —me informa con media sonrisa.

Vacila un momento, como si pidiera permiso, y al ver que asiento se pone a mi lado, estirando sus largas piernas.

—He leído vuestro artículo —dice, señalando con la cabeza el *Beacon* que asoma en su mochila—. Me ha parecido genial. A ver, lo que le ha pasado a tu amiga Chloe es una mierda, obviamente, pero… Habéis sido muy valientes.

Hago el esfuerzo de sonreír.

—Gracias.

La verdad es que a mí no me parece para nada tan valiente. Lo que estoy es contenta de que Chloe haya tenido la oportunidad de hablar de lo que le hizo Bex. También tengo un poco de miedo de que me expulsen, pero lo que más estoy es aturdida. Es como si estuviera esperando todo el rato algún momento como de película que indique que lo he superado todo, que ya es agua pasada, pero la realidad, dura y frustrante, es que solo puedo ir viviendo al día.

Nos quedamos callados, mirando a dos gansos de Canadá que se bambolean por el campo intercambiando graznidos irritados. Por las ramas de los árboles, que empiezan a florecer, corre un viento gélido.

Finalmente, Gray respira.

—Les he dicho a mis madres que no quiero ir a St. Lawrence —confiesa.

—¿En serio? —Me giro de golpe a mirarlo, olvidándome un momento de todo lo ocurrido entre los dos—. Y ¿cómo se lo han tomado?

Se encoge de hombros.

—Bueno, entusiasmadas no estaban —reconoce—. Me han hecho el tercer grado, pero al final hemos hecho un trato: me dejan aceptar el trabajo en Harbor Beach a condición de que también curse estudios universitarios por la zona, en Bunker Hill o la Universidad de Massachusetts, algo así. Creo que es lo que haré.

—Bien hecho. —Le aprieto el brazo por puro reflejo, antes de tomar conciencia de lo que hago y bajar la mano, cohibida—. Estoy… muy orgullosa de ti.

—Gracias —dice con una sonrisa un poco tímida—. En el fondo la que me ha animado a hacerlo eres tú. He pensado que si eras capaz de jugártelo todo, lo mínimo que podía hacer yo era tener huevos para decirles a mis madres que no quiero hacer deporte en la universidad.

Se me escapa la risa. Luego, me quedo muy seria de repente.

—Gray, lo siento un montón, de verdad. —Esta vez sí que lo toco. Le rozo la manga con las puntas de los dedos—. Por… todo. Me he portado como una desgraciada. No te lo merecías en absoluto.

Sacude enseguida la cabeza.

—Eh, no, que ni lo pienses —responde—. Con lo que estabas pasando…

—Bueno, ya —contesto, resistiéndome a que me absuelvan con tanta facilidad—, pero no es excusa. Has sido un novio buenísimo y te he hecho pagar una serie de cosas que no eran culpa tuya.

—En serio, Marin, que no te preocupes. —Le quita importancia con un gesto de la mano—. Nos hemos divertido, ¿no?

—Bueno…, sí… —Me duele un poco, tanto las palabras en sí como la naturalidad con que se encoge de hombros al decirlas. De repente es como me pensaba que era en octubre: el típico jugador un poco burro de *lacrosse* que lo único que quiere es divertirse. Yo creo que lo nuestro, fuera lo que fuese, podría haber sido algo más que simple diversión. Supongo que pensé que era algo más, pero ahora estoy segura de que se me ha pasado la oportunidad—. Sí —repito, quitándome una pelusa imaginaria de los vaqueros—, nos hemos divertido.

Asiente como si se alegrase de que esté todo claro.

—Bueno… ¿y tú qué? —pregunta, carraspeando—. ¿Ya sabes adónde irás en otoño?

—A Amherst —le informo con ganas de que me entusiasme, casi lo consigo. Es una pasada de universidad, aunque no sea donde estudió mi abuela, y soy consciente de que poder entrar es una suerte alucinante—. De hecho, ayer mandé la paga y señal.

—Te irá genial en cualquier sitio —pronostica Gray como si fuera lo más normal del mundo—. Amherst tampoco está muy lejos.

Lo miro sorprendida, sin saber muy bien qué ha querido decir. ¿Lejos de aquí? ¿O de él? Lo milagroso de Gray siempre ha sido que costara tan poco hablar con él, pero ahora parece que ya no sepa hacerlo.

—No —asiento finalmente con cuidado—, muy lejos tampoco.

Sonríe, y hay un momento en que parece que vaya a decir algo más, o que lo vaya a decir yo; es como si quedara algo pendiente y lo notáramos los dos, pero entonces suena el timbre de final de clase, sin que hayamos tenido tiempo de encontrar las palabras.

—Mierda, tengo examen de trigonometría —dice, levantándose y agarrando la mochila—. Cuídate, ¿vale? Lo digo por lo del artículo y todo lo demás… Ya nos veremos.

—Vale —contesto—. Gray… —añado bruscamente.

—¿Sí? —Se gira—. ¿Qué pasa?

Abro y cierro la boca. De alguna manera, parece lo peor de todo lo que he perdido en los últimos meses.

—Nada —digo finalmente—. Cuídate tú también.

TREINTA Y SEIS

Me extraña lo tranquilo que es el resto del día en el instituto. Chloe y yo nos esperábamos que hubiera consecuencias épicas —hasta el punto de que redactamos cartas de emergencia a nuestras respectivas universidades, por si nos expulsaban—, pero aparte de mi conversación con Gray en las gradas nadie me hace un solo comentario sobre el tema. Hago una prueba de cálculo. A la hora de comer me siento con el club de lectura. Hasta Michael Cyr me deja en paz.

Por un lado, el alivio es enorme, porque nunca había escrito nada tan arriesgado como este editorial, y, aunque estuviera dispuesta a sacrificar el poco futuro que me queda, tampoco es que me hiciese una ilusión tremenda cargar con las consecuencias.

Por otra parte, cuesta no sentirse un poco decepcionada. ¿En serio que no le importa a nadie?

La mañana siguiente pasa Chloe a buscarme y, mientras escuchamos juntas el último episodio de nuestro *podcast* de miedo favorito, tomamos el camino largo para poder pasar por el Starbucks y comprarnos unos cafés con hielo y unos cruasanes un poco secos sin bajar del coche. A la hora de entrar en el aparcamiento del Bridgewater casi tenemos la misma sensación que en otoño pasado, antes de que empezara todo.

Al menos hasta que entramos.

En las últimas semanas me he hecho toda una experta en calibrar la energía del pasillo sur, y esta mañana hay algo eléctrico en el aire, señal indiscutible de que no es un día cualquiera. La mirada de Sean Campolo se clava entre las dos. Allie Chao susurra algo tapándose la boca con la mano.

—Pero ¿se puede saber qué pasa? —murmuro sin poder evitarlo.

Es como si volviera a ser mi primer día después de vacaciones. Hasta la sensación glacial que me baja por la columna es como la de entonces. Creía que estaba inmunizada a la vergüenza de que se me quedaran mirando como un bicho raro, pero supongo que a pesar de todo sigo sin estarlo.

Justo cuando me dispongo a correr —directamente a primera hora, si no es que vuelvo a salir—, Chloe enlaza su brazo con el mío.

—Relájate —me dice con la intuición natural de haber sido mejores amigas siete años, sin que se le note nada en la voz—. Pase lo que pase estamos juntas, ¿vale?

Hago el esfuerzo de asentir con la cabeza.

—Vale —consigo responder. Lo que me sorprende es que sí me noto un pelín más segura y que se me endereza un poco la espalda—. Estamos juntas.

Vamos a nuestras taquillas y sacamos nuestros libros. Al mirar por el pasillo, veo a varios miembros del club de lectura despatarrados en la zona de descanso de enfrente de la cafetería. Mientras nos acercamos, abriéndonos paso entre la gente, veo que Elisa sonríe mucho y que Lydia saluda con la cabeza.

—No, en serio —murmuro para que solo me oiga Chloe—, ¿qué narices es esto?

Antes de que Chloe haya podido contestar, veo que por la zona de administración está saliendo el director DioGuardi con una camisa de un azul tan cantón que es casi iridiscente. Al ver que lo miro, nos hace señas de que nos acerquemos y se mete el silbato en la boca.

—Chicas —dice quitándoselo cuando nos acercamos—, ¿puedo hablar un momento con vosotras?

Respiro hondo.

—Señor DioGuardi —empiezo, como hemos estado ensayando en el cuarto de Chloe—, Chloe y yo estaremos encantadas de hablar con usted sobre cualquier problema que tenga con el número de este mes, pero sepa que antes de publicarlo estuvimos consultando toda la documentación oficial sobre la revista y pone muy claro que la administración solo intervendrá en el editorial en caso de infracción flagrante de…

El señor DioGuardi sacude la cabeza.

—No es por eso —me dice—. Bueno, sí que es por eso, pero… —Vuelve a meterse el silbato en la boca con cara de dolor—. Solo quería deciros a las dos que el señor Beckett ya no forma parte del profesorado.

Al principio me limito a parpadear, mirándolo con cara de tonta. No es… lo que esperaba que nos dijera.

—¿En serio? —me sale.

El señor DioGuardi asiente con la cabeza.

—Ya se han quejado más alumnas —explica, compungido. Se lo ve agotado, con ojeras verdosas y barba de dos días; si hubiera sido diferente nuestra relación, casi me daría pena—. Se ve que… Vaya, que está claro que el problema con el señor Beckett era mayor de lo que nos pensábamos. Tanto aquí como en el anterior instituto donde trabajó.

«El anterior instituto donde trabajó». Me vuelve a la memoria el comentario que hizo Bex el primer día que me llevó a mi casa en coche, lo de haber hecho la cena a alumnos en su piso, y sacudo la cabeza sin poder evitarlo.

—¿De verdad que se ha ido? —pregunto, sin dejar de pensar que habrá alguna trampa, pero el señor DioGuardi asiente.

—Desde hoy mismo —me asegura—. No volverá.

—Guau. —Francamente, es más de lo que había soñado—. Pues qué… Guau…

Chloe pone cara de pensárselo un momento. Me sorprende no verla satisfecha.

—Bueno, señor DioGuardi —dice con educación, ladeando la cabeza y acompañando el gesto con una mirada fija y penetrante al otro lado de sus gafas—, por lo que dice, parece que hizo mal en no creer a Marin el día en que fue a verlo, ¿no?

Él frunce el entrecejo.

—Bueno, no era cuestión de creer o no creer —explica, mirándonos por turnos con intensidad—. El Consejo Escolar se basó en la información que tenía en ese momento…

—Incluida la que le dio Marin a usted, ¿verdad?

—Bueno… sí —reconoce—, pero al no estar confirmada…

—Pues entonces casi da la impresión de que le debe usted una disculpa, ¿no?

Al principio parece que el señor DioGuardi quiera discutir, pero al final solo se encorva de hombros.

—Lo siento, Marin. —Le salen tan forzadas las palabras como si intentara hablar en klingon—. Sé que estos últimos meses lo has pasado muy mal.

Como disculpa no es que valga gran cosa, y la verdad es que me importa una mierda que lo sienta o no. Yo le dije la verdad, Bex ya no está, y Chloe y yo volvemos a ser amigas. Podría haber sido peor.

—Gracias —digo con la frialdad del té helado de mi abuela el día más caluroso de todo el verano—. Se lo agradezco.

Cuando ya no está, echo un vistazo al pasillo, luego miro a Chloe. Su expresión, mezcla de estupor y de felicidad, es un reflejo exacto de la mía.

—¿Te apetece que nos saltemos la primera hora para ir a desayunar fuera las dos solas? —le propongo.

—¿Sabes qué? —responde, pensativa—. Que me parece la mejor idea que he oído en todo el año.

Volvemos a enlazar los brazos y salimos al aparcamiento. Noto el calor del sol en la nuca.

TREINTA Y SIETE

El viernes, al salir del instituto, voy a Sunrise y encuentro a Camille al lado del puesto de enfermeras, tarareando una canción con la boca cerrada mientras rellena papeles. Hoy sus Crocs son rosa eléctrico y el estampado de su uniforme, de tucanes y flamencos. A su lado se empaña un enorme café helado de Dunkin' Donuts.

—Te traigo algo —le digo y busco un momento en la mochila antes de sacar una camiseta de Amherst.

Se queda boquiabierta.

—¡No hacía falta, Marin!

—Lo prometido es deuda —digo, encogiéndome de hombros—. Lo único que me sabe mal es que no sea de Brown.

—¿Lo dices en serio? —pregunta con una sonrisa muy blanca de oreja a oreja—. Estoy tan orgullosa de ti, cariño. —Levanta las cejas—. Y tú ¿estás orgullosa?

Me lo pienso un momento.

—¿Sabes qué? —contesto finalmente—. Que la verdad es que sí.

—Me alegro —dice y me da un apretón en el hombro antes de mover la cabeza hacia la *suite* de la abuela—. Si necesitas algo me avisas, ¿vale? Ha pasado buena mañana, pero, en fin, por si acaso.

Asiento. Es la primera vez que vuelvo sola desde el día en que la abuela no me reconoció. (Vine una mañana con mi madre, y otra vez con Gracie). Al ir por el pasillo noto que me late el corazón con una fuerza molesta.

«Pero si es la abuela —me recuerdo con firmeza—. Que te recuerde o no te recuerde no cambia lo que significa para ti.»

—Hola —saludo dando unos golpecitos en la puerta.

—Hola, Marin.

Suspiro con fuerza y siento una oleada de alivio al oír mi nombre. Está sentada en el sillón, con una biografía de Katharine Graham encima de las piernas. Lleva un vestido suelto de lino, una chaqueta de punto rosa claro y un pequeño moño en la base del cuello. El perfil del pintalabios es un poco inseguro, pero por lo demás es la de siempre.

—Papá ha hecho *ciambellone* —le digo después de darle un beso, enseñando el táper para demostrarlo. Es una especie de bizcocho italiano muy compacto, con gusto a limón, que nos hacía la abuela cuando yo era pequeña. Me recuerdo caminando por su jardín con una buena porción en la mano, mientras Lola, el caniche mini del abuelo Tony, intentaba mordisquearlo entre mis dedos—. Ha seguido tu receta y me ha dicho que quiere que le des una opinión sincera.

—¡Ah, qué bien! —contesta con tono de verdadera alegría—. ¿Te he dicho alguna vez que la receta la heredé de mi suegra? No era muy buena persona, tu bisabuela, pero de cocina sabía lo suyo.

Me río mientras corto un trozo para cada una y los dejo en la mesita, pasando el pulgar por la delicada ondulación del borde del plato.

—¿Tienes algún crucigrama? —pregunto—. He estado practicando.

Nos pasamos casi toda la visita rellenando las casillas, mientras la pongo al corriente de mis últimas semanas en el instituto. Justo cuando le estoy hablando del vestido que me han regalado para la fiesta oficial de primavera, me quedo en suspenso al notar algo raro en su expresión, una mezcla de incomodidad y recelo—. ¿Estás bien? —pregunto.

Asiente.

—Es que yo antes hacía un bizcocho exactamente igual —dice como si fuera una acusación.

Me muerdo el labio, intentando mantener una expresión neutral.

—Ya lo sé, abuela —le digo dulcemente—. La receta es tuya. ¿No te acuerdas?

Entorna un poco los párpados, y de repente sé que la he perdido.

—¿A que está delicioso? —pregunto en vez de intentar que se acuerde. Después de aquel desastre de visita, mamá me explicó que cuando se pone así es mejor no presionarla, y que ya vuelve ella sola cuando es el momento. Puede ser esta tarde como puede no serlo. Y puede que algún día ya no vuelva—. Sabe a primavera.

Dedico el resto de la visita a hablar alegremente por los codos, con tono animado y grandilocuente: de que por fin sea verano, de los macizos de tulipanes que hay delante de

Sunrise, de Katharine Graham (la primera directora mujer de uno de los grandes periódicos estadounidenses, cosa que sé por la profesora Klein)… Por su parte, la abuela parece contenta de escucharme mientras da mordisquitos al pastel y asiente con educación en cada pausa propicia del monólogo, como si estuviera en una estación de tren y tuviera delante a una desconocida especialmente locuaz. Cuando me levanto para irme, me toca la mano.

—Me caes bien —dice con una sonrisa cariñosa, pero que por alguna razón no me resulta nada familiar—. Me recuerdas a mí misma.

Ladeo la cabeza y trago saliva.

—¿Ah, sí?

La abuela asiente.

—Eres buena chica —añade—, pero no hace falta que lo seas siempre tanto. —Se le arquean las cejas con picardía—. Yo no lo era, te lo aseguro.

Durante un segundo vuelve a parecer la abuela de siempre: la que me compró el primer periódico, la que ganaba premios con sus rosas, la que me enseñó a separar claras y yemas en su fregadero de acero inoxidable, de un brillo inmaculado. Luego parpadea y ya no está. Acerco la mano y le aprieto un momento la suya, suavemente, antes de irme.

—Ya lo sé —le prometo—. Me acordaré.

EPÍLOGO

El club de lectura celebra su última reunión del año un jueves por la tarde, a principios de junio; hace calor, por las ventanas abiertas del aula de la profesora Klein entra la brisa, y fuera los árboles son una explosión de verde. La madre de Elisa ha mandado tamales caseros. Grace y yo hemos hecho barritas de siete capas. La lectura de hoy, elegida por Lydia, es *Teaching My Mother How to Give Birth*, de Warsan Shire, con el plus de permitirnos mirar *Lemonade*, de Beyoncé, que está puesto en bucle en un portátil, en un rincón del aula. En otro, Maddie y Bridget están haciendo una sesión de baile improvisada. Pillo a Dave acompañando en voz baja «Formation», aunque se crea que no se fija nadie.

—Está muy bien lo que has hecho, Marin —dice en voz baja la profesora Klein, poniéndose a mi lado con un vaso de cartón de agua con gas en una mano.

Los más jóvenes del club han decidido que el curso que viene seguirá existiendo. Lydia propuso como presidenta a

Elisa, que fue la única candidata. Me gusta la idea de que siga el club sin mí. Puede que sea una tontería, pero me da la sensación de que dejo algo más en el Bridgewater que haber sido la chica que hizo que expulsasen a Bex.

Tampoco es que me moleste que lo último también forme parte de mi legado, por supuesto.

Chloe y sus padres presentaron una denuncia. Fue duro para Chloe, pero le parecía lo correcto. En el periódico local hablaron de Bex en un artículo que fue un bombazo, y al Bridgewater le llovieron críticas por su manera de gestionar la situación. La gente estaba indignada por las medidas de la Dirección, o mejor dicho su ausencia.

«¿Cómo puede ser que hoy día aún pasen estas cosas?», se preguntaba todo el mundo, pero, bueno, el caso es que es así, que aún pasan, ¿no?

Miro el aula con una sensación cálida en el pecho. Hoy ha venido hasta Chloe, a pesar de que no se ha leído el libro.

—¿Seguro que puedo? —me ha preguntado de camino, en el pasillo, vacilando—. Total, soy una intrusa.

—No, si en el fondo el libro es una excusa —le he prometido mientras tiraba de su mano y la arrastraba hacia el aula—. Bueno, tampoco tanto, pero un poco sí.

Ahora que la veo hablando con Elisa del maquillador que trabaja en todos los vídeos de Beyoncé, veo que está contenta de haber venido.

Solo falta Gray.

Suspiro y, después de sonreír sin mucho entusiasmo a la profesora Klein, dejo que mis pasos me lleven hacia la mesa de la comida. Creía que se presentaría, aunque solo fuera por nostalgia —a fin de cuentas es la última vez que nos vemos—, pero supongo que lo ahuyenté de verdad. Vale, le pedí disculpas el día de la grada, pero sé mejor que la mayoría de la gente que a veces no basta con una disculpa.

Justo cuando voy a ahogar mis penas en otro tamal, noto que se mueve algo a mis espaldas, en la puerta, y al girarme me lo encuentro en uniforme y gorra de los Sox, con la sonrisa igual de cortada y asimétrica que el día en que vino por primera vez al club. Al ver que lo miro, sonríe de oreja a oreja.

Yo también le sonrío, sinceramente y sin reservas.

Y se me ocurre pensar que lo nuestro, más allá de lo que acabe siendo, dista mucho de haber terminado.

—Perdón por llegar tarde —dice, encogiéndose de hombros con algo de timidez—. Es que tenía que acabarme el libro.